藏在这世界的优美

毕淑敏 作品

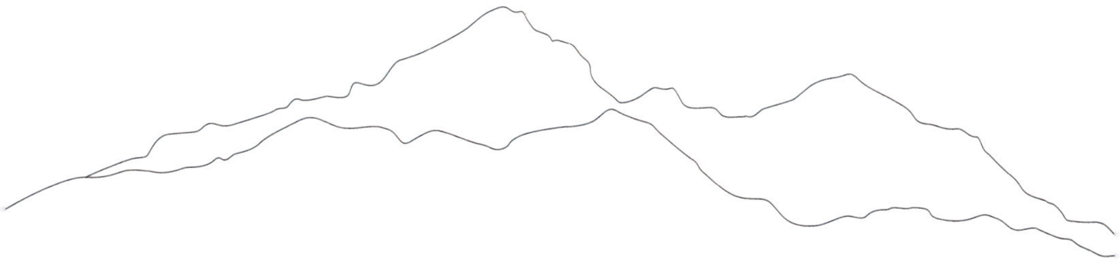

湖南文艺出版社
HUNAN LITERATURE AND ART PUBLISHING HOUSE
博集天卷
CS-BOOKY

马其顿的纪念物 193
马萨达永不再陷落 212
死海按摩 229
『淑敏』是什么意思？ 249
无伤不香 268
女厨师的魂灵 280
古早味道的冬瓜茶 293
大树里的野菜单 301
第九个遗憾 310

欧洲人珍藏最好的秘密 …… 002
高速公路拐角处的笑脸 …… 029
战壕城失恋博物馆 …… 048
65 年之后的芬芳 …… 069
送你一枚捕梦网 …… 090
牛仔家的晚餐 …… 105
印第安公主 …… 124
我的异类笔筒 …… 142
沙漠中的新娘 …… 152
波斯天葬 …… 180

出发吧
跟我一起去寻找这世界的优美

欧洲人珍藏最好的秘密

作家萧伯纳曾说："想目睹天堂美景的人，就到克罗地亚的杜布罗夫尼克。"

可惜，我知道这句评价，是从那里回来之后。

当初我们预定去杜布罗夫尼克旅游的时候，对这个城市一无所知。也并不能全怪我糊涂，世上流传着一种说法——杜布罗夫尼克，是欧洲人珍藏得最好的秘密。

冬天，北京砭骨的西北风几乎能将人掀一跟头。我们到旅行社预定夏天到保加利亚去看玫瑰花。

路远盘缠贵，不能仅此一地啊。募集人马后，决定用 20 天的时间，浏览整个巴尔干半岛。定景点的过程像风光选美，工作人员用投影仪鱼贯打出一系列图片，问我们，去？还是不去？

时间紧张，穿越多国，交通不便，道路辗转腾挪，行程只能删繁就简择优录取。我虽不喜这种近乎逃难式的旅游方式，但一个团队，不能以游手好闲之人的爱好为定论。只要涉及时间安排，我基本缄口。

一张图片吸引了我，问，此地名称？

杜布罗夫尼克，克罗地亚的一个小城，旅游胜地。工作人员公事公办地介绍。

可有谁去过？我接问。很在意亲历者的感受，道听途说者隔靴搔痒多。也不能太相信情绪易于冲动者的意见，比如失恋者或是辞职者的攻略，他们的憎恶或是美誉，个人烙印太深，未必准确。

没有。您知道，巴尔干旅游很冷门，费用不菲，所以连工作人员都没有去过。旅行社解释。

我点头，表示理解。我和杨老师作为“自攒团”的计划制订者，此刻对景点握有生杀予夺之权。去留停走，几乎瞬间就要决定。大家都忙，且是奉行走哪儿算哪儿的随心所欲派，也懒得呕心沥血地做功课。到了这一锤定音的时刻，就有点儿乱点鸳鸯谱了。

这城有何特别之处？我们踌躇。时间乃常数，去了这里就去不成那里，只得不断尝试放弃。

有一个中世纪的药房。据说是欧洲第三古老的药房，现在还营业呢……工作人员照本宣科。我估计他念念有词的是导游册的第一页。去后才知道，药房对于整个城市的精美建筑群来说，只是沧海一粟。

然而药房俘获了我。年轻时学医，有一段时间，与药房为邻，对药房由衷崇拜。每逢走过药房，都呼扇鼻翼往内里抽气，用药房门缝中飘出的百药气味，洗刷肺腑。药房是挽救生命的火药库，就算医生护士再英明勇敢，没有长枪短炮的火力，也是枉然。听说有古老药房可看，眼前猛现出一条蛇缠绕在一只高脚杯上的景象。这是欧洲药店的标志。

如果能在欧洲老药房抓药，一定很有趣。抓什么药呢？对了，抓一服治晕车病的药好了。我深受晕车晕船之苦，想那城市就在海边，帆起潮落，该有治疗晕动病的独门绝技吧。

思绪像窗外呼啸的风，打着旋儿卷得很远，一抬头看到旅行社工作人员眼神空洞地盯着我，才想起速速回答人家的问题。

去。我俩异口同声。杨老师看到图片所摄城堡，傲然屹立峭岩，心向往之。

那么，请决定是路过城市看一下就走，还是在城里过夜？住宿不便宜。杜布罗夫尼克在世界最贵的旅游胜地中排在第八位，每晚平均住宿费用 193 美元。

房价这事很有杀伤力，但我们没有迟疑，齐声说，住。

古城嘛，只有在暗夜中才能淡忘沧桑时光，让人缩进历史的狭缝。杨老师喜摄影，傍晚和黎明日光柔和斜射，才能拍出好片子。如不安营扎寨，正午时分跌跌撞撞抵达，阳光如焚，暗影如漆，乃摄影大忌。

就这样定了。

真是暴殄天物的主儿，我之后再也没有搜集过杜布罗夫尼克的资料，想象中是个渔村般的港湾。

杜布罗夫尼克，斯拉夫语为“橡树”之意。顾名思义，橡木成林。我们在傍晚抵达杜城，从公路上俯瞰，未见橡树，首先映入眼帘的是城墙内的一片橙红色屋顶。老城区严禁任何新建筑，除了极少数当地居民的家庭旅馆之外，游客们都住在远处的新建酒店。

酒店爆满，标准间高达 400 欧元。终于明白了那一句“住宿不便宜”并非虚晃一枪。酒店大，人员分散，诸事皆慢。等安顿完集合好，已暮色四合。导游说我们夜游老城。不知道是为了节省大车入城的费用（每辆大轿车要买张 100 欧元的门票，当日有效，不得延用。这个费用，该是导游出的吧），还是为了让我们另有一份体验。导游安排乘坐公共汽车进城。

车票 2 欧元。环保理念盛行，一行人欣然前往几百米外的公共汽车站。不巧，刚开走了一辆车。等待 15 分钟之后，终于上了车。

无座，山路不算平坦。大约 30 分钟后，我们抵达老城城墙外。肚子咕咕叫，先找地方吃晚饭。海风吹拂，清凉惬意。见一风景极佳的饭店，桌子摆在海岸边，烛火摇曳颇有仙气。众人皆渴望于此处用餐，一打听，自助餐，每人 100 欧元。我们是自己聚起钱来的原始共产主义制，伙食标准每日 50 欧元。双倍超标，只得作罢。一步三回头地离开，有几个人嘟囔着以后自家人再来，一定在此店大快朵颐。

在老城外比萨店吃了海鲜比萨。店家用味道不新鲜的小鱼虾滥充海鲜，让人沮丧。不过，我们对老城夜色还是充满了期待。

杜布罗夫尼克的整个老城区都是联合国世界文化遗产。进城之前，容我掉掉书袋，写一点儿老城历史。杜布罗夫尼克分为老城和新城两部分。我们马上要进入的是老城，被高大坚固的花岗岩城墙围绕着。墙外还有宽阔的护城河做第一道防线，貌似固若金汤。此城最初由古罗马人兴建，从公元 9 世纪开始，受拜占庭帝国保护。十字军东征后，它则成为威尼斯的属地。1358 年，它又成为匈牙利王国的一部分。

名城多次易主，城头变幻大王旗。如果此刻你已经觉得甚为复杂，请多储存一点儿耐心，其后的历史更令人眼花缭乱。

中世纪初期，受当时条件所限，航海船只每天只能航行约 50 海里，就要停泊休整。不是什么海岸都可泊船，必须有好的沙滩，还有干净的水源。杜布罗夫尼克神天眷顾，这两个条件恰好都具备。它处于古希腊人两个定居点——布德瓦与科尔丘拉中间。两城相距 95 海里，杜布罗夫尼克当仁不让地成了古希腊航海船队的驿站。

航海路线繁忙，杜布罗夫尼克借此东风，迅猛发展，成了拉古萨共和国的首都。1272 年，拉古萨建立起现代政治结构，并创建了独属自己的法律，其中包含严谨的城市发展计划（惭愧！直到今天，我们有些机构也没有这种高瞻远瞩从法律层面制订的城市发展计划，人家可是在将近 800 年前就考虑到了这一点）。

1301 年，我崇敬已久的城市第一家药店开张。

欧洲药店的标志与行医的标志相仿，徽记主角都是盘蛇。想不通为什么对蛇这么情有独钟，把“蛇绕行杖”当成了医学之徽记不算完，又再接再厉地把药店也收入麾下，脚前脚后都成了蛇窝。只是盘蛇缠绕的对象，从象征游医奔走的手杖，改成了透明的高脚杯。我最早见到药店图案，以为是要用杯子饮下蛇胆或是蛇血为药，后来才知道原来象征着喂蛇。我就更搞不明白了，从药房取药并准备吃药的是人啊！

据说徽记上的手杖表示云游四方，有不辞劳苦为人治病救命之意，灵蛇则是健康长寿的象征。远古时期，人类就知道了毒蛇的药用价值，古罗马时期的壁画中，可以看到健康之神手拿杯子饲蛇的画面。到了中世纪，药剂师的地位更是扶摇直上，享受着和医生相同的神圣光环。由于药店经常把各种药粉混合在一起给人治病，诡异莫测，和炼金术也沾亲带故。

1347年，杜布罗夫尼克开办了第一所救济院，收养老人。1377年，又开设了传染病隔离医院。1418年废除了奴隶贸易。1432年开办了第一家孤儿院。1436年，建成了长达20公里的城市供水系统……仁政迭出，花团锦簇。到了15–16世纪，杜布罗夫尼克的发展达到了巅峰，已能和早已繁花似锦的威尼斯共和国一争高下。

杜布罗夫尼克的成功，是干净的，并没有沾染他人的血迹。它不像欧洲殖民者攻击成性，也不是血腥的海外征服，主要采用了贸易和航海的自由方式。

1620年至1660年，欧洲市场爆发了贸易危机，以西班牙塞维利亚为中心的世界贸易体系受到沉重打击，全世界都被卷入经济衰退的洪流之中。连远在天边的中国都受到强烈的负面影响，之前每年停泊于马尼拉的中国商船达到41艘，到了1629年，骤然降为6艘。中国的白银进口量大幅跌落，通货膨胀。

地中海贸易危机尚未过去，破船又遇连阴雨。1667年，杜布罗夫尼克发生了大地震，大部分建筑倒塌，四分之三的居民死去。天灾人祸夹击之下，杜布罗夫尼克开始衰落。1699年，为了避免卷入奥斯曼土耳其帝国军队与威尼斯共和国的血战，杜布罗夫尼克将一部分土地出售给了奥斯曼土耳其帝国。1806年，俄国与黑山联合舰队对城市开始了长达一个月的围攻，3000发火炮炮弹落到城市里。杜布罗夫尼克向拿破仑军队投降，邀约他们帮忙赶走包围者。

拿破仑答应得挺好，说他的部队只要能自由通过城市就行，不过是借道而已。杜布罗夫尼克相信了他们，不料法军随后封锁港口，占领了整个城市。据说法军入城的那一天，人们将城墙上所有的旗帜与城徽全部涂成黑色，以表达悲伤。

法国马尔蒙元帅于1808年将杜布罗夫尼克并入拿破仑控制下的意大利王国，不久又将城市纳入了法国控制的伊利里亚省管辖。随着1918年奥匈帝国的崩溃，杜布罗夫尼克又成为南斯拉夫王国的一部分。

你是不是已被小城的纷杂历史搞得头晕眼花了？请多储备一点儿耐心，混乱还远远没有完呢。

第二次世界大战期间，杜布罗夫尼克成为纳粹德国傀儡政权克罗地亚独立国的一部分，起初是意大利军队占领，1943 年 9 月 8 日后，德军进入城市。1944 年 10 月，铁托领导的南斯拉夫游击队进入城市，随着南斯拉夫社会主义联邦共和国的建立，杜布罗夫尼克成为南斯拉夫的一部分。

1991 年，克罗地亚宣布独立。

命运多舛的老城，饱经沧桑，能保存到如今真是不容易。为了一劳永逸地避免老城遭到战争破坏，20 世纪 70 年代，杜布罗夫尼克人想出一着儿，干脆自废武功，宣布全城非军事化并自动解除了所有军备，从此这里成了不设防的城市。善良的人们以为手无寸铁就可以换来老城平安度日，不想随着克罗地亚宣布独立，南斯拉夫人民军中的塞尔维亚族和黑山族士兵，于 1991 年 10 月 1 日，开始对杜布罗夫尼克发起猛烈攻击，将城市围得铁桶一般。那年的 12 月 6 日，炮火尤其猛烈，共有 19 名城市居民丧生，60 人受伤。战争持续了整整 7 个月，根据克罗地亚红十字会统计，老城的 824 座建筑物中，68% 被子弹击中，9 幢皇宫被毁。令人叹为观止的老城墙遭到 650 次炮击。共有 114 名杜布罗夫尼克居民被杀，其中包括著名诗人米兰 · 米利西奇。

也许因为都是执笔写作的同行，我对诗人之死格外震惊。很想找一首他的诗附在这里，可惜未找到。只得录下另一位我很喜欢的克罗地亚诗人伊万・赫策格的诗，以示祭奠。

如同雪一般

晚上我无法入睡
倾听那些稀有的鬼
驾驶穿过萨格勒布。
有时他们踩刹车
仿佛迷了路，
穿过我的脊椎，穿过云，
穿过雪。
朋友们已对我道过“晚安”，
但我仍然无法入睡。
我想象着我们在婚礼中
一条河流上的一家餐馆里
每年这个时候
纯雪沿着河流漂，没有人看见。

我盼着一件婚纱礼服，

你答应过是隐形的。

没有人站到你身边——

没有人站在那里而看不见我。

只有我和你，没有我的你，没有你的我，

就像每一朵被遗弃的雪。

母亲说，家乡

也下雪了，没有人看见。

父母担着心。

天空下沉，几乎到了地面，

人们缩小到指甲一样大小，

这些在这里，那些在那里

近和远。

晚上我无法入睡

倾听那些稀有的鬼

倾听雪，如同雪一般。

战争结束后，前南斯拉夫国际战犯法庭对组织围城的人进行了起诉。炮击杜布罗夫尼克的指挥官——帕夫莱·斯特鲁加尔将军，被判八年大狱。（当你看到城门附近特意保留下的累累弹孔时，你会气愤这个人当年怎么能发令向如此美丽的古迹开炮？！）

战后老城开始维修，联合国教科文组织出钱出力，方针是修旧如旧。到了 2005 年，绝大多数被损坏的部分都修缮完毕。原有的民居屋顶是青石板的，现在改为橙红色的轻瓦，看起来明亮而艳丽，散发着蓬勃的暖意。如果不知道杜布罗夫尼克的遭遇，你会觉得这色调和浑厚古城稍有不符。知道了历史，就明白了这里的人们对温暖和安定的期待，让他们情不自禁地选择了暖色。

吃完饭，我们缓步进城。

老城里只住有不到五万名居民，而且还在逐渐减少。

进得门来，首先看到弹孔。

在巴尔干半岛，你常常可以看到这种当代战争遗留下来的痕迹。比如在贝尔格莱德和萨拉热窝，马路边矗立的高层建筑，假设通体是白色的，突然有一块被不规则的红砖补缀起来，也许是半层楼，也许只有一间屋子外立面那般大小，很像一块块不修边幅的补丁。当地人告诉我们，这都是在战争中被轰炸或是炮击过的遗迹。整个楼房框架还在，日子还要过，于是房主人就请人修整，把被炮弹炸毁的部分重新用砖砌起来，凑合居住。

我吃惊地说，这样安全吗？

当地人耸肩说，不知道。但是，生活总要继续，对不对？不然，人们到哪里去居住呢？

多年以前，我听过一位自认为很有创见的学者说，预防侵略最好的方法是不设防。因为你完全没有防备力量，所以人家就不会打击你，你就得以保全。应该请他到杜布罗夫尼克看看，一个个弹孔如绝望的眼凝视着他，也许他会得出另外的结论。

这就是旅行的好处，有机会让人矫正对世界的看法。

朦胧灯光下，走过石桥。派勒城门高大威严，一下子就把游人们压进了中世纪的模具中，好像你是个猫在熙熙攘攘的人流中，背着蔬果等待入城的乡下小贩。城门建于 1537 年，门上的雕像是城市保护神圣布莱斯。据说中世纪时，我们脚踏的地方是木吊桥。晚上时分，守城的军士会把桥收起，城门落锁，钥匙直接交由王子保管。也就是说，刚才发的思古之幽情不着边际，天已经大黑了，古人是不能在这时进城的。

城门内还有一道城墙，建造时间比外墙还早一个世纪，它的厚度达到了令人惊异的 6 米。注意啊，是厚度不是高度，高度足有 20 多米。

穿过城墙后，主干道呈现在面前，它并不是很长，只有 292 米，但在夜色中，另一端的城门显得遥不可及。这条街的名字取自意大利语，意思是“多么大的一条街！”，整个一个感叹句。据说当年一位来自米兰的意大利军官，走在大街上发出一声惊呼，就诞生了此名。路面原是红砖铺就，1901 年改铺石灰岩。就算这二手街石，经过一个多世纪无数双鞋脚的摩擦，也已经变得油光锃亮，在夜色中像泼了油似的。

真正的震撼发生在此时。

我参观过罗马斗兽场和凯旋门，见过位于沙漠中的叙利亚古都巴尔米拉皇宫的建筑遗迹，还有约旦、土耳其、墨西哥、埃及等无数神圣的废墟，当然还包括耶路撒冷的圣殿哭墙……

巍峨、高大、冰冷、残破、森严……是它们留给我的统一印象。我曾想，不知这些残墙断壁当初完好时，是怎样雄霸一方不可一世？穹隆之顶飞檐走兽可曾遮天蔽日金光灼灼？

现在，它们整合起来，猝不及防地出现在你面前，猛烈地击中你的感官。古朴庄严的大街，两旁几百座建筑千姿百态，有罗马式的、哥特式的、希腊式的……富丽堂皇整齐规范，每一座都是精品，美轮美奂。简直就是一部摊开的欧洲建筑百科全书，每一页都摇头摆尾活色生香！此刻不是你穿越到了古代，而是过往岁月从历史深处龇着牙迎出来，一张嘴把你吸进去了。

感觉离奇，不可名状。打个不很恰当又有些诡谲的比方——好似你百代之前盛年殁去的高祖奶奶，从石棺里一个鲤鱼打挺坐将起来，风情万种满面春风地伸出臂弯揽过了你。

这就是杜布罗夫尼克令人惊骇的魅力。

进城后最先吸引眼球的是大欧诺弗利欧喷水池。此池为双层结构，貌似硕大莲花。上层原有精美的雕塑，大地震时被毁，只剩下底座上16个面具雕塑的出水口，略像《罗马假日》中的那个出水面具模样。此地为进城必经之处，当地习俗是进城的人都要在此洗手，避免将厄运带入城里。以我当医生的经验，觉得这城当年人来人往川流不息，为了防止传染，特令人们洗手防病。防患于未然的卫生举措，不过是假了“神”的名义。

喷水池一侧是具有典型中世纪特征的教堂，令人仰视。此教堂是为纪念16世纪20年代地震中的遇难者而建，工程浩大。据说全城男女老少，不论贵族还是贫民，都踊跃参加义务劳动，搬运石块不辞劳苦。女人们捐出牛奶和鸡蛋，掺入石灰浆中，使教堂坚如磐石。1667年，大地震再一次袭来，全城四分之三的建筑倒塌，这教堂却完好无损。

教堂隔壁的高墙连着钟塔，是著名的圣方济各会修道院。我终于一了夙愿，看到了那座声名在外的古老药房。它缩在巷底，低调朴素。

夜景

杜布罗夫尼克大街上

除了标牌，外观看起来十分平常。我寻找了半天还在营业的药铺，并无收获。原来它已不操旧业，不调配药剂，而是改成了药学植物馆。花 2 欧元买了票入内参观，里面保存着 2 万个药壶、3 万卷图书、22 卷羊皮书卷和 1500 份手书药方。我终于了结了对药房的情愫。

拉古萨对街道布局有着严格安排，重建时也严格遵循既定方针，建筑均用岩石建造，外墙统一为浅黄色，屋顶统一为橙红色。城的北部有一座小山，舌头般缓缓探入大海。斜坡上，星芒一样散布着十几条窄巷，轻轻拾阶而上，精雅古意扑面而来。街畔散布着酒吧和小商铺，远远的街灯亮了，我恍然明白了什么叫“天上的街市”。我们队伍中有两对夫妻，断然脱离大部队到小店再次享用晚餐，举杯对饮，恍如初恋。

城区中心是一个广场，以前是集市，也是政府颁布法令、举行公共集会的场所。钟塔建于 1444 年，大地震中塌了，后来又按原样重建起来。在城里走动时，经常可以听到说某某建筑曾经震毁，然后原址原样重建。此城的居民，多么珍爱这些古老建筑啊。钟塔高 31 米，我仰头站在广场上，看夜空下的分针，每五分钟跳一格，体验时间在空间覆盖下的流逝。塔顶有两尊铜制的敲钟人，整点时就会跳出来表演敲钟。

钟塔右侧的建筑，拱门上有士兵头像，想来这是一处军产。问过之后方知是当年的海军官邸。钟塔北边是著名的史邦扎宫，建于1516年，最初是贸易管理所，后来成了海关和银行，17世纪后变成文人聚会的沙龙。我个人认为这是城中最精致的宫殿。一楼是敞廊，其繁复无比、层层叠叠的雕花，令人惊叹。当时城里能工巧匠真多，并且有那么多耐心和闲工夫。二楼是威尼斯式的直立窗户，墙身上刻着拉古萨的商人守则："我们禁止欺骗，当我们称重时，上帝在一旁看着我们。"

很想把这句话移植到中国的自由市场，将"上帝"改为"良知"，让人们知道在秤杆之外，另有一种力量正在俯瞰。

这座宫殿现在是世界上最显赫的国家档案馆之一，它的藏品中，有早至1272年的记录，载有当时商船、货物和旅客的资料。

登上拉古萨标志性的景观古城墙，它是整个地中海地区保存得最完好的中世纪城墙，建于公元9世纪。城墙上有炮台、堡垒、炮塔、角楼和要塞等，组成坚固的防御体系。从城墙上东望，可见一座岛屿。据说那上面有世界十大悬崖之一的峭壁，每年吸引不少悬崖跳水爱好者。20世纪30年代，不爱江山爱美人的温莎公爵及夫人，曾把这里当作最佳度假胜地。

另一座城门外，是旧时的港口。拉古萨共和国时期，无数庞大的船队就是从这里起航，纵横地中海远及全世界。16 世纪时，这里停泊着 200 艘大型商船。到 18 世纪，增加到了 300 艘。黝黑海面，彩色的霓虹灯泼打在上面，一道道彩虹翻卷。

当地人告诉我们，杜布罗夫尼克每年都要举行“杜布罗夫尼克之夏”戏剧节，要塞内阶梯形的台地就成了极好的舞台。整整一个半月，每当夜幕低垂，便会上演莎士比亚的名剧《哈姆雷特》。惊悚的古堡、黑黢黢的高墙、惊涛伴奏，你哪里逃脱得了中世纪的浸淫！

在这里演出莎士比亚戏剧，并非随意附庸。莎翁曾把“拉古萨”写入了他的多部作品。19 世纪末的浪漫主义诗人拜伦，直接称此地为“亚得里亚海的明珠”。我原来一直以为“海明珠”是为阿尔巴尼亚创造的词，原来出处在这里。萧伯纳更是将这里直接命名为天堂人间版。

恢宏的教堂和王公官邸，在暗夜中威风凛凛地矗立着，让你不由得遐想在过去的岁月里，这里的树下发生过多少故事？双脚抵住的地面，是否被人千百次地从窗口眺望？

心悸了一下。猛地明白了为什么拉古萨会屡屡向强敌低头，捐出重金不惜卑躬屈膝割地赔款，一再缴纳保护费，只求平安。若损毁了这精美绝伦的建筑，活着的人必肝肠寸断。只要城郭存在，时间自会证明正义。如果宫阙夷为瓦砾，正义也就化成了永难弥补的痛憾。

走着看着，不知不觉夜已深了，导游告知公交车就要停驶，我们必须赶回酒店。好在只是暂别，明早我们还会再来。

依依不舍地离开。我暗自担心光天化日之下的老城，是否还能保持这神秘的古朴？有一些景色，只有黑夜裹体，才能幻象丛生。

克罗地亚古代有个名人，中国人都熟悉，名叫马可·波罗。你可能要说，马可·波罗不是意大利人吗？其实他老人家就出生在克罗地亚，距离此地不远。（克罗地亚面积很小，到哪儿都不远）。只不过在马可·波罗的时代，他的出生地科尔丘拉岛，归威尼斯共和国管辖，游记也是用意大利语写的，所以人们都认为他是意大利人。现如今这地盘已经不属意大利了，克罗地亚建起了马可·波罗博物馆。可能由于马可·波罗和中国的特殊关系，该博物馆对中国游客免票。（须凭护照，不是目测啊。）

说到现代名人，有个足球运动员叫苏克，克罗地亚人。1998 年在世界杯上以六粒入球勇夺金靴奖，并帮助克罗地亚队取得了前所未有的季军好成绩。因他的进球多是左脚踢进去的，媒体称赞他“左脚灵活得可以拉小提琴”。以讹传讹，有人说他的左脚真的会拉小提琴。2004 年 3 月，国际足联委托球王贝利选定 125 名伟大球员，名单中就有苏克。苏克成了国宝，青少年也狂热地喜爱足球。

说了半天苏克的故事，你可能觉得扯太远了。别着急，马上就会看到足球和古城的关联。

我们挤上末班公共汽车返回宾馆。刚停靠第二站，一窝蜂地上来了十几个毛头小伙子，满嘴喷着酒气，根本不买票，从原本下车的中车门野兽般疯狂地拱了进来。顷刻间他们把汽车变成了运动场，有人手攀栏杆，把栏杆当成了单杠，一个鹞子翻身爬坐了上去，挥舞着拳头，狂躁吆喝。有人用力捶打车厢板，好似擂鼓，震耳欲聋。有人向周围的人狂躁呼喊，亮出一疙瘩一块的腱子肉……不管他们身在何处手头忙什么，有一点是统一的——沆瀣一气狂轰滥炸，语无伦次地呼喊着口号。

车厢臭如有人呕吐过的酒肆，原本很挤的车厢，中部霎时空荡了。乘客们胆战心惊地缩小自己的体积，离他们尽可能远一点儿。这种无声的逃避纵容，让他们更加猖狂。在宽阔起来的车厢里，他们用尽全力捶打车窗、隔板、塑料架子……所有在面前阻挡他们视线的东西，都被理所当然地视为挑衅。他们摧枯拉朽骄横喧嚣，不可一世地在那里狂吠着……

整个车上，咆哮充斥着每一寸空间，除此没有一个乘客发出点滴声音。汽车司机缄默着加快速度拼命行进，好像这样就能脱逃恐惧。

公车进入黑暗旷野，整个车厢如移动的棺椁，迸发着鬼魅般的刺耳怪声，颠簸向前。

一个疯狂的小伙子，距离我不到 20 厘米。我用余光看到他脸上每一颗青春痘，都涨成锃亮的紫疱，表面凸起的白色脓头，似乎就要喷溅。以我一个医生的经验，我觉得他体内的荷尔蒙高涨得就要爆炸了。一米九的身高，黄色的头发，浑浊的淡灰色眼珠，狂吠的嘴巴里不整齐的牙齿……高声啸叫所达到的疯狂分贝，我从未在人类的嗓音中听到过。想象当年纳粹的褐衫军游行，估计有相似之处。

不曾和一群流氓如此近距离地碰面过。旅伴们已被挤得四分五裂，万一出了意外，谁也救不得谁。异国他乡半夜三更人生地不熟语言不通，若真和这帮血脉贲张的外国愤青扯斗起来，他们人高马大，我等女流实在不是对手。

思谋了一下应对的方式，便是冷静如水。随他们近在咫尺地叫嚣，完全不去理会，连眼珠也不转过去。不和他们的目光对视，面容淡然，如入无人之境。

地狱一般的时间，过得极其缓慢。闭目养神浮想联翩。旅游上路，行船跑马三分险。我想过自己可能死于车祸或死于飞机失事，死于传染病或食物中毒，死于脑出血或心肌梗死……凡此种种，皆可一语成谶。

却真没想到若和足球流氓醉鬼起了争执，就此一命呜呼成了异国游魂，临死还要沾染一身晦气，有点儿冤啊。不过，也不是不能接受。世事难料，听天由命吧。

到了我们临下车的前一站，群氓们呼啸着下了车，张牙舞爪地隐没在漆黑夜色中。

车上的人们明显地长舒了一口气。寻索四周，暴徒们攀握的车厢扶手已经弯曲。车厢顶部的天花板也被他们砸出了凹陷。克罗地亚汽车的质量真是不错，除此外并无太多伤痕。

终于下车了。夜风一吹，才发觉颈项皆汗，冷衫贴衣。有旅伴说，歇息一下再走吧，膝盖软了。

我问导游，他们是谁？

导游说，这是一伙足球流氓，他们在车上狂呼的口号，是不断用脏话骂他们鄙视的球队和球员。

我对这个古典小城的所有安宁印象，烟消云散。

我问导游，那对酒当歌的两对夫妻，不知能不能安全归来？

导游说，刚才咱们恰好碰到足球比赛刚刚结束，浪子们也散场。轮到那几位归来的时候，时间已经过了，估计不会有大问题。再说，末班车已过，旅客必打车，应该没有这么危险。

我说，恕我直言，这个坐公交车的决定不大妥帖。再者，我看你今天有点儿魂不守舍，瞪着海水发怔。不知是否身体不适？

导游说，我上一次来杜布罗夫尼克，是和女友一道度蜜月。现在，我们已离婚。

原来如此。

一日数惊。好像住进了一套名叫“惊”的别墅，先进入的房间叫作“惊喜”，然后一拐弯就进了“惊愕”的门。这房子还是个套间，里面的黑屋名叫“惊恐”。最后出门来站在走廊里长出一口气。极度的惊喜和噬骨的惊悚轮番上阵，构成旅游的不可预见性。

也许，旅游因此而充满魅力。

高速公路拐角处的笑脸

走的地方多了，对形形色色的民间传说，比如关于某地山川由来，已兴趣淡然。几乎都是悲情爱恋故事，压迫的一方（可以是上天、父母、巴依老爷或是头领等，总之势力强大）要拆散痴心男女。男女无奈只好逃亡。最后不是男的变成了山，就是女的变成了河……恕我缺乏怜悯，主要是再三感动后心生倦意。若这世界上的山水皆悲男怨女所化，触目皆是，地球也太苦涩了。

巴尔干半岛上的斯洛文尼亚是个小国，面积两万多平方公里，人口 200 万。

它可算是巴尔干半岛上的一个异类。在原南斯拉夫阵营中，它的经济状况一直是最好的。除了经济富庶之外，斯洛文尼亚的民族矛盾相对缓和。这在以火药桶著称的巴尔干半岛，可算一枝独秀。它的民族单纯度很高，斯洛文尼亚族人占了 83% 以上。而像战火纷飞的克罗地亚，克罗地亚族占 89.65%。塞尔维亚就更小一些，塞尔维亚族人仅占 65%。

于是当年的斯洛文尼亚就打起了小九九，觉得继续留在南斯拉夫联邦体系内，会被塞尔维亚、马其顿这些穷伙伴拖了后腿。若能单独立国，经济就可以一马当先，小日子会更滋润。

斯洛文尼亚人还有一个有利条件，就是在第一次世界大战之前，被奥匈帝国统治了数百年，绝大多数的斯洛文尼亚人都精通德语，这对经济发展很有裨益。

在历史的缝隙处，常常透出嫌贫爱富的冷光。

南斯拉夫领导人铁托 1980 年逝世，维系南斯拉夫统一的最后一根缆绳就此断裂。斯洛文尼亚政府马上动手自行进行一系列政治、经济改革。它于 1989 年 9 月通过修正案，重申斯洛文尼亚加盟共和国有脱离联邦的权利。一年多后，1990 年 12 月 23 日，斯洛文尼亚进行全民公决，88% 赞成独立。这符合民族自决原则，也具有国际法上的正义，斯洛文尼亚觉得有理有据了。它率先与南斯拉夫联盟一刀两断，1991年6月7日，单方面宣布独立，随即撤下边界关防处南斯拉夫的标志，改换门庭为斯洛文尼亚标志，并阻挠南斯拉夫联邦的边界管理人员赴任。1991年6月25日，斯洛文尼亚正式宣布独立，6月26日举行了独立仪式。拍马便走，一骑绝尘。南斯拉夫当时雄风犹在，一看这还了得，于独立仪式之后，6月27日和斯洛文尼亚部队爆发冲突。

如果联邦军只是和斯洛文尼亚军队交火，结局尚在未知之数。祸不单行，和斯洛文尼亚同时宣布独立的克罗地亚，境内塞裔与克裔冲突扩大，使得居中介入的南斯拉夫联邦军队不得不两边兼顾，压力倍增。

斯洛文尼亚截断了南斯拉夫联邦军的补给线路，甚至不惜击落由斯洛文尼亚人驾驶的联邦直升机，昭示意志顽强势不两立。在欧洲各国的声讨下，7月2日，南斯拉夫联邦军决定先行撤退。7月7日，在欧洲共同体调停下，南斯拉夫联邦共和国和斯洛文尼亚共和国达成停火协议。南斯拉夫军队决定完全撤军，斯洛文尼亚方也买个面子，宣布暂缓三个月独立。

7月8日，斯洛文尼亚政府发表胜利宣言。从6月27日至7月7日，速战速决，总共只打了十天，史称十日战争。

斯洛文尼亚因此役一举独立，盼来梦寐以求的经济自主。他们的算盘打得不错，预言成了事实。1995 年，国家人均所得超过了 1 万美元，进入了发达国家行列。2004 年 5 月 1 日，和东欧七国及马耳他、塞浦路斯同时加入了欧盟。和同门入伙的兄弟比起来，斯洛文尼亚位列国民生产总值第一名；人均生产额已经超过了葡萄牙，和希腊匹敌。2007 年 1 月 1 日，斯洛文尼亚加入欧元区。2007 年 12 月 21 日，成为申根公约会员国。

斯洛文尼亚是我们这次巴尔干半岛之行的第一站，半夜抵达它的首都卢布尔雅那，夜色中，看起来和德国的风貌很相似。第二天市内游览后，我们赶赴联合国世界文化和自然遗产布莱德湖。

我在西藏待过，见识过这世界上最洁净的高原湖泊，对看湖这件事，基本提不起兴趣，曾经沧海难为水，加之睡眠不足，一开始无精打采的。先是见到湖边古堡，地势险要。此乃德国亨利二世于公元 1004 年修建的，依山傍水，易守难攻。现在没有军事用途了，不过在石缝中凿壁而建的堡垒，是消夏避暑的神仙所在。沿着登山的马道缓步攀缘，抵达古堡。转过城池一角，鸟瞰布莱德湖。这里已是半山，湖的全貌尽收眼底，静谧安详，如同一池靛草熬煮出的蓝色染料。高度让人们忽略了微风拂起的细碎波纹，湖面似刚刚熨平的碧蓝丝绸，毫无瑕疵。远处有峭立的阿尔卑斯山，雪山不似冬季时的丰饶，积雪消融，如同一件白蚕丝勾连而起的网衣。

古堡的狭小平台上，有一中世纪工匠打扮的小伙子，赤着脚，腰下围着羊皮肚兜，表演欧洲传统的印刷术。据说欧洲的第一本书，正是这里印造出来的。客人可以亲自操作古老印刷机并带走自己的成品。

作为中华民族的子嗣，打小儿就知道活字印刷术是中国发明的。特别是那个发明人名叫毕昇，和我同姓，更有亲戚感。不过这里用的是雕版印刷技术，由于弄不清两者的区别，我感觉一头雾水。

在唐朝，汉代造纸术西传，丝绸之路那一端的阿拉伯商贾，也同时见识了中国当时所用的雕版印刷术，但他们对这项技术不屑一顾。为什么呢？阿拉伯人认为中国人在印刷时，给印版上墨用的刷子是猪鬃所做。如果用此法印刷《古兰经》，违背教义，亵渎神明。阿拉伯人的宗教顾忌，使他们罔顾这一发明，阻止了中国雕版印刷术向西传播。

蒙古人征服欧洲，印刷术传至西亚、北非一带，随后进入了欧洲，其中印刷纸牌是重要功能。别看纸牌不起眼，由于是欧洲人的至爱，它成了雕版印刷术最得力的推手。

拉丁字母结构简单，数量只有26个，其实比汉字更适合活字印刷。遗憾的是拉丁字母字形圆润，刻字时不易下刀。1450年，德意志人约翰内斯·古登堡在美因茨，发明了哥特体拉丁文金属活字印刷技术，

解决了长期困扰欧洲人的字形问题。有些欧洲人坚持认为古登堡是在1440年从葡萄酒压榨机受到启发，改进了机器设计，开发使用了凸起的活字。不过，经过大量的研究与考证得出结论，西方的活字印刷术确实来源于中国。古堡中的小伙子没把这件事搞明白，介绍时用的通通是德国发明说。

在沉暗石屋中，我用欧洲古老的雕版印刷方法，印制了一张有我和丈夫姓氏的纸函，证明吾等曾到此一游。所用的纸乃古法制造，纸所用染料，皆为山间的花草汁液或矿物粉末。我选的是灰蓝色调的纸张，觉得布莱德湖不可能总是风平浪静，风暴即将来临时的湖光大致是这个样子吧。整个费用八欧元，耗时大约五分钟。

先是自己选中意的雕版。图案各式各样，有风光和传说人物等，我挑了一张布莱德湖全景的雕版。安装好纸张，以刷子用力刷匀油墨（刷子的确是动物鬃毛所制，但不能确定是否为猪鬃）。使尽平生气力，用手柄搅转转印机，同时用力向下压。然后静默，等待。片刻后，打开机盖，就能看到一张印好的证书安静地躺在那里，大功告成。对了，最后还要点上一滴酒红的火漆封蜡，然后以金属模具印上古堡的标志……

沿着古堡漫步，耳边又响起关于湖的传说。16世纪时，一对有钱

欧式古法 雕版印刷

雕版印刷技师教我印纸张

的年轻伴侣到此地游玩，喜欢这里的风景犹如仙境，决定离别家乡常住于此。他们用自己的积蓄修缮了破旧的教堂，从此过上了幸福美满的生活。不料战争骤起，为抗击奥斯曼土耳其人大举入侵，丈夫参军抗敌。走后没写来只言片语；爱妻苦等，坚信他会回到美丽的布莱德湖。九年后，有准信儿传来，丈夫已战死疆场。妻子悲痛欲绝，变卖所有家产，花钱铸了一口大钟捐给湖心岛上的教堂，寄托哀思并祝福他人。大钟装上船，从湖边往湖心岛运送时，狂风大作，船倾斜致使大钟沉落湖底。直到今天，人们还能隐隐听到来自湖底的钟声。

不料，超凡脱俗的布莱德湖也落此窠臼。我对导游说。他是个高大的精通中文的斯洛文尼亚小伙子。

导游说，巨钟沉入湖底只是传说，主人公倒是确有其人。悲伤的妻子离开了布莱德湖区，在意大利的罗马终老一生。湖心教堂里有一口重达 178 千克的大钟，是那位妻子死后，当地大主教捐给湖心教堂的。

导游是兼职，主业是开一家小家装公司。他说，你既然不喜欢那种爱情传说，那我来告诉你另一个版本的故事。你知道，斯洛文尼亚只有布莱德湖心这一座岛屿吗？

想起中国有大小岛屿 5000 多座，岛屿岸线总长 1.4 万多公里，我不禁愕然。

我忙着掩饰，幸好小伙子并未察觉，自问自答道，这还不错了呢，以前整个国家连一座岛屿都没有。

这也太凄凉了。心里想着，颜面上努力掩饰惊讶。

小伙子说，这里以前住着一位仙女。

我点点头，美丽的地方，本该是仙女的地盘。就算普通人，在这里也会飘飘欲仙。

仙女家靠着一条路，每天都有很多牧羊人，赶着他们的羊群唱着歌从仙女家门口走过。仙女嫌太吵了，终于有一天生气地搬走了。她施展魔法，为自己在湖中心建起了一座小岛，从此过上了宁静的生活。

第一次听闻这么恶的仙女，不像心怀慈悲的天人，倒像是孤僻冷漠的贵族老妇。

导游继续说，没有任何道路可以通向湖心岛，只有人工摇船，所以岛上非常静寂。有一座教堂，情侣们可以敲钟许愿，祈祷爱情天长地久。上岛之后，有99级台阶。如果丈夫可以背着妻子走上这99级台阶，一定会终生幸福。

于是同行中夫妻档的朋友们，多相戏言。女人问，你能不能把我背上去，以见证爱情牢靠？男人雄赳赳气昂昂答，当然！

我先生听闻此话，脸色大变，想必怕我提出此等要求，背上超重的我，估计连五级台阶都上不到，就会被压瘫在半路。我赶紧说，自己爬上去。

碧蓝如翡翠的湖水来自阿尔卑斯高山雪水，清透见底。我们乘坐手摇橹船，航行十余分钟到达湖心岛。岛不大，只有几百平方米，绿树掩映着一尊小小的肃穆教堂，宛若童话城堡。我不知好歹地问，那怕吵的仙女故居在哪里呢？

没人理我。

178千克的大钟不时被人敲响，声震环岛。估计仙女阁下已经搬往高耸的阿尔卑斯山顶，唯一打扰她老人家的就是雪水融化的滴落声。

返回时，船家把我们放在岸边，我们绕着湖缓缓行走。风光优美，不时有野生的天鹅冲过来大声嘎叫，估计是我们无意中闯入了它们的领地。天鹅们凶猛骁勇地发泄不满，音色也煞是难听，它们躯体洁白，却一点儿也无芭蕾舞剧中的温柔。

路过一片静谧森林。导游说，山坡上边，就是铁托曾经居住的休养地。

我说，你们怎么评说铁托呢？

导游说，年龄不同的人，对铁托的看法也不一样。比如这个别墅，就是斯洛文尼亚人送给铁托的，对他很尊敬。铁托曾在这里招待来访

街头

小教堂

的各国政要，像赫鲁晓夫、英迪拉·甘地、金日成等。但对我们这一代人来说，他已经成为历史，对我们没有实际的影响了。他当政的时候，南斯拉夫联盟在世界上很有发言权，现在，分裂成了很多小国。没有人重视我们的意见，但是人民的生活毕竟比以前要好多了。

一处浅湾，风光旖旎。湖岸像一条绿色的舌头，轻轻探向湖面。在一棵大树树干上，悬挂着一张 A4 纸大小的塑封照片。一个七八岁的美丽女孩，唇红齿白酒窝深陷，笑盈盈地张望着四周。

我刚要问，突然发现前面公路急转弯处也有照片悬挂。不过，这次是两个成年男子的彩色照片，挤眉弄眼地俏皮微笑。

我问导游，这是什么意思？

他脸色凝重起来，说，这些人已死去。死亡之地就是悬挂照片的地方。看到他们的微笑，对活着的人是个警醒，对死去的人是个祭奠。

我张口结舌，缓了半天才说，这都是罹难场所？

导游说，是的。女孩是在布莱德湖边溺亡，那两个小伙子是因为车祸。在我们的文化中，认为死者会在他们最后离开人世的地方周围徘徊，人们到那里纪念他们，他们的魂灵会感应到。

我说，挂照片需要办什么手续吗？

导游说，要向有关部门打个报告，一般都会批准。特别是在高速路边上的这种祭奠图片，也会起到交通警示的作用。人们会想，啊，多么年轻的生命啊，就在这里夭折了。我可要小心……

我说，收费吗?

导游说，不收费，但是也不会出费用，都是遇难者家里操办的。

我说，想象中，这种照片应该是黑白的，比较庄重。可这里的照片，都是欢快欣喜的样子。

导游说，人们都愿意记住亲人最好的模样。就是那些逝去的人，也希望以最神气的表情留在人们记忆中。所以，我认为黑白照片不好，还是彩色的好。看到的人也会心情好一些。对吧?

我说，对。

他山之石，可以攻玉。国人多用恐怖的画面来提醒人们注意灾难。比如不要带爆炸物的提示，就把爆炸之后血肉模糊的尸身或面目全非的建筑等展览出来，让人不忍卒看。

后来，我在高速公路上，多次看到这种突如其来的照片墙。有一次，居然看到了一组群像。数了数，一共是五个人，有男有女，有老有少，好像是一个家庭。正在开车的司机叹息道，全家都死了，那个车祸一定很惨。说着，他的车速明显慢了下来。

这是个充满温情的方法。既告慰了亲人，又提醒了众人。每当在高速路的急转弯处看到这种图片时，都深感生命的可贵和脆弱。

不过，这法子在中国恐难全面推行。中国人多，若是以此法纪念，只怕有些路旁会摆成长廊。满世界游走，我常常感叹，中国人口众多，有很多在小国卓有成效的方法，在中国就搞不赢。人多和人少的确是大不一样的。比如国外可以随意进入草坪行走坐卧，在中国你试试看，马上就会赤地千里寸草不生。

分手的时候，我对导游说，你中文不错，为什么不专职做中文翻译呢？

他说，来布莱德湖的中国客人还不够多。如做专职翻译，我会养活不了自己的。

我说，那你试试做些文字的翻译工作，再加上做中国贸易什么的。

导游用手搔着金色的短发说，那不成了纯粹的脑力劳动者了吗？

我说，这有什么不好？脑力劳动者又不丢人。

导游说，我觉得一个人专做脑力劳动不好玩。

我说，看不出来，你还特别喜爱做体力劳动者。开装修公司就是因为常做体力劳动吗？

导游思忖着说，专门做体力劳动也会烦的。我觉得最理想的状态就是可以经常在脑力和体力劳动之间转换，做做这个，再做做那个。

比如 40% 的脑力劳动，60% 的体力劳动，就很好。

中国古话有句“随心所欲”。如果能自由地选择劳动方式，的确是大自在。

鸟瞰斯洛文尼亚首都

远眺阿尔卑斯山脉

登上阿尔卑斯山

这就是龙桥上的龙

战壕城失恋博物馆

问过九个人，克罗地亚的首都是哪儿？都说不知道。又问了第十个人，她也是一脸糊涂相。哈！此人正是我。

出发去克罗地亚之前，我没做功课。

出外旅游，我不喜欢事先阅览太多资料。事到临头，便充分暴露出我的不学无术和孤陋寡闻。这毫无疑问是一种愚蠢，但我顽固地认为——难道不就是因为对外面世界所知甚少，才去旅游的吗？如果一切都了然于胸，还有什么理由去跋山涉水？

为了让那震撼和惊诧来得更真实和劈头盖脸，为了给自己更多的借口出外闲逛，我经常特地拒绝预习。就像球迷不希望别人提前告知比赛结果，我不愿把自己的头脑屏幕，变成先行者的跑马地。

这样做的好处不必多说，从一无所知到略有所知，犹如提着空篮子的农妇在树丛中采野蘑菇，惊喜不断。坏处就是懵懂出发，回来后才发现遗落了很多重要景观。

时间是有限的，遗落是必然的。就算我们千百次地走过小径，也会忽略花绽的轻响和雪落的飘零……

在遗落和惊讶之间，我宁愿选择后者。人生就是不断遗落的过程，在抛却了少年、青年和中年之后，我尚余晚年。谁都知道晚年是一个不容易惊奇的时辰，我可不想再丢失了让我惊诧莫名的机缘。

抵达萨格勒布的时候，正是傍晚。由于这一路总是白天赶路，到达目的地的时候，已是暮色苍茫，区分只是暗黑深浅不同。最暗沉的夜色是阿尔巴尼亚，抵达首都地拉那已是子夜 12 点。最薄的暮色就是眼下的克罗地亚首都了，刚刚下午 4 点。

正是 5 月底，接近北半球极昼时刻，白天的尾巴绵延不绝，拖得很长。尽可以把这时刻当作正午，因为太阳要到深夜 11 点才彻底下班。

萨格勒布位于克罗地亚的西北部，意思是“战壕”。萨瓦河在东侧流过，将整个城市分成了三部分。一条古路依山而上，教堂、市政

厅等古老建筑群就傍着石头路，挂在半山上，这就是老城区。不管世界上何处的人，都以高处为上，这里也被称为上城。上城之下，就是下城了。有广场和商业区，还有歌剧院，地势比较平坦。除此之外，是后来建设起来的现代化市区。

中国的城市都在搞现代化，不管你到哪里去，都有一个高新技术开发区。主人们一定要引领你到那里去看看，眼巴巴地等着听你赞叹——像外国一样啊。

真正到了外国，主要倒是让游客们看他们的老城区。在萨格勒布，参观的路线基本就是上城和下城两部分。至于“二战”后建设起来的新城区，根本没排进游览表。上城的圣母升天大教堂，无甚特别处。进入老城，小巷曲折，路面是硌脚的小石块组成，不知多少人踩踏过，依然顽强地高低不平。小巷两侧是小店，卖珠宝时装什么的，间或有各色酒吧。各种风格的建筑保留着中世纪不修边幅的参差不齐。说起克罗地亚，这弹丸之地饱经沧桑。倘若比作俊俏女子，身世坎坷，一嫁再嫁，总是遇不到良人。早先属于希腊城邦，然后是亚历山大帝国、罗马帝国、拜占庭帝国、奥斯曼土耳其帝国……近代加入南斯拉夫联盟，又经过血火之战才得到独立。

多个时代都在城市风貌上有所孑遗，同行朋友看到这种复杂风情的建筑群，举着照相机一边狂拍一边说，这里比罗马怎样？我说，风格不一样，罗马比作100分，这里的纷杂，可打50分。

拐过一条街，看到圣马可教堂，倒有几分特别。它的屋顶用不同色彩的巨瓦，组成了色彩斑斓的纹章图案。听说是本城的城徽，外带两个臂章加衬底，分别代表中世纪克罗地亚的三个古王国。在我的印象中，教堂是神圣所在，似乎没有这样被人间放肆地利用，犹如巨大的广告板。随着所走之地渐多，除了特别需要证明我在现场之外（比如在尼泊尔恒河上游，我和焚尸的火焰需一道留在图片中。在墨西哥，我对当地小吃好奇，就留下我在小巷中捧着猪皮饼大嚼的身影），我不大在风景区留影。一是觉得没有建筑古老，自惭形秽。二是觉得没有风光秀丽，怕污了大自然的好颜色。这教堂有些特别，又动了凡心留影。衣着被朋友们大为耻笑，说我所穿军绿色T恤衫，和背景糊在一起，像一个野菜团子。之后沿崎岖狭路下降，到了耶拉希奇广场，此为下城的中心。

国外的广场，每每令国人失望。“场”的模样是有，“广”说不上。就连声名显赫的莫斯科红场，看起来也就是马路膨胀了一段，和想象中的辽阔，差距相当大。下城广场面积，基本上相当于小学足球操场。中心矗立着青铜雕像，初看起来，也和欧洲其他城市的雕塑大

在地拉那街头的碉堡旁

同小异，有高头大马和搏杀的勇士。不过听完了介绍，还是留下印象。这位英武挺拔的战将，是克罗地亚反对奥匈帝国的民族英雄耶拉希奇总督。塑像立于 1866 年。到了南斯拉夫时期，主流意识形态要表现历史是人民所创造，反对帝王将相，威武的总督就灰溜溜地下台了，换成游击队员塑像。克罗地亚独立后，又把总督塑像从博物馆请了回来，重新屹立街头眺望城乡。佩服克罗地亚人办事留有余地，换在咱们这儿，总督雕像当年撤下时，就会砸碎化成铜水，再等不到囫囵复出的那一天。

克罗地亚国小学问大，历史上曾出现过三位诺贝尔奖获得者。各种电器中必不可少的特斯拉线圈，就是由克罗地亚物理学家尼古拉·特斯拉发明并命名的，他就在我们近旁永垂不朽。还有常用的钢笔，也是由克罗地亚人爱德华·番卡拉发明的。现在英语中的“Pen”这个名词，就是由他的名字“番”而来。 克罗地亚还有一个值得大书特书的发明，就是领带。一听说这里是领带的老家，男士们纷纷解囊大买此物，好像去了新疆不能不带回哈密瓜。

萨格勒布还有一个绰号，叫作“博物馆之都”。我爱逛博物馆，觉得这是了解一地的捷径，且价格低廉冬暖夏凉。如果是自由行，我一定会用大把时间浸泡在博物馆里。可惜和众人一道，时间有限，只得放弃。博物馆要细嚼慢咽，走得太快，除了夸口曾去过那里之外，所得有限。

正当我为无法参观博物馆暗自神伤时，突然看到街边民舍的窗户里有一本红色封面读物，上面以中文大书“失恋博物馆”。旁边还有一系列装帧相同的册子，用不同的文字书写着，也是“失恋博物馆”字样。

我刚开始认为它是一种行为艺术，片刻后大悟，这就是大名鼎鼎的“失恋博物馆”真迹所在！以前在资料上看到过世界上有这么一座博物馆，但忘记了它在哪儿。不想在克罗地亚首都的小巷中，猝不及防与它迎面相遇。

门票只收克罗地亚货币库纳，我们彼此把钱包翻了个底儿掉，都没有库纳，问欧元能用否，被坚拒。眼看着就要过门而不得入，忽然有人问起可否刷卡，答曰，行。大喜过望，每人 3 欧元，约合人民币 25 元，得以参观。

无人讲解。博物馆因开在老城区内，只有一层，想来以前是民房。一间间斗室墙壁被打开，合成一个松散整体，总面积有几百平方米。朴素的本色地板，墙壁雪白。沿墙壁四周摆着陈列柜，摆放着世界各地捐献来的失恋展品。

展品大多平摊在柜中展示。有些悬挂在墙上，排列无甚章法。当你以为走到尽头时，突然出现一道横廊，拐入后另有一番天地。照明灯很少，光源来自半透光的天花板，最大限度地利用自然光线，明亮但并不耀眼，散射暧昧暖光。想想也是，你说一个收集失恋信物的地方，太光鲜亮丽了，自然和氛围不符。若是太压抑阴晦了，恐也不是兴建者的初衷。

此馆创始人是电影制片人维斯蒂卡和设计师格鲁比希奇。十年前，当他们结束了长达四年的恋情决定分手时，不想把分手这件事当作“一种疾病”来处理，而是庆祝两人在一起度过的美好时光。他们突发奇想，倡议让朋友们捐赠出废弃的爱情纪念品，以资留念。日积月累，收藏品越来越多，他们决定办一座失恋博物馆。

他们希望参观者们在目睹别人的失恋之后释怀疗伤，尽快走出自己失恋的阴影。希望让失恋者们知道自己的境遇并非千载难寻，无独有偶，你不孤独！这世界上曾有那么多人因为失恋捶胸顿足悲痛欲绝，然而生活依然按部就班地向前。看山盟海誓随风飘逝，看情深义重化为恩断义绝。参见过大巫中巫们的陈迹之后，众小巫哭丧着进来，微笑着走出。

据说创始人在兴建这座博物馆的过程中，勠力同心，最后分而复合，花好月圆之后干得更起劲了。该馆已拥有世界各地失恋者捐赠的展品

失恋博物馆的展品

共计 1000 多件。2011 年，欧洲博物馆年会授予其“欧洲最有创意博物馆奖”。2012 年，克罗地亚旅游部门将其评为萨格勒布市第三个值得参观的地方。

我沿着墙边展柜，悄然踱过。陈列物品基本上都是破旧而衰败的，稍觉诡谲。因物品是旧时互赠礼物，多是家常俗物。不像我们平日所观赏的博物馆，皇家贵胄稀世珍宝，粲然夺目。二是失恋物品多有年头了，难免污损。再说伤心之物，被主人压在箱子底儿，未曾得到很好的翻晒保护，暗淡失色不说，霉锈斑斑也常见。基本上也没有值钱的东西，比如钻石珠宝黄金首饰什么的。我估摸恋人们往来信物中，一定也曾不乏好东西，分别时也不一定都物归原主。失恋者们或许把贵重之物留下了，只拣些寻常物件捐出供人观赏。

即使有这些先天限制，一路走过，一件件展品参观下来，我们还是感慨万千。展品中最常见的是日记本、求爱信、洋娃娃、餐具等“恋爱见证”。每件展品下都有文字说明，创办人声明并未曾加工过，都是匿名捐赠者自拟的。

显要位置，竖立一个假肢，具体说就是从膝关节以上离断的大半条假腿，夺人眼球。乍看过去，有点儿瘆人。标签上写着这样一句话——它“忍耐的时间比爱长，其材料也比两人之间的感情更坚固”。

估计捐出这物品的是女子，因为假肢比较粗壮，看来是男式的，还带着小半截大腿。假肢的材料似是工程塑料加金属。这女子总结出来的教训也算得上言简意赅，切中要害。你想啊，工程塑料和金属多经久耐用，几百年不会分解。破碎的爱情，的确甘拜下风。我的思绪一时走得远了，想那男子离家出走大约是在一个清晨吧。他套上了自己新的假肢，从此决绝而去，再也不会回头看失恋的女人和自己的旧假肢了。有个词叫作“弃如敝屣”，在这件展品前，可以改作“弃如敝肢”了。又发奇想，那男子该不会是单腿一步一跳地离开的吧？

人们也许永远无法知道事情的全貌，看到的只是遍地疑问。

最简洁的展品是一把钥匙。捐赠者写道：“自从发现他是个骗子，这东西对我来说就再也没有任何意义了。”

我可以感到她的愤怒。但一把钥匙流落在外，总会让主人不安。精神上的一刀两断最重要，钥匙还是给他寄回去吧。不知那个花心男子，会不会有一天来到这座博物馆，看到他自家钥匙陈列于此，落荒而去？

一条糖果色的丁字裤标签上则写着：“他本人跟送的礼物一样廉价、低劣。”

丁字裤是化纤产品，非常劣质，可以想见那个男人的品位。再加上送女友丁字裤，其中肉欲的象征性非常明显，狎昵之味甚浓。

在地拉那街头的碉堡旁

失恋博物馆的展品

场中最大的展品是一架三角钢琴，有六七成新。我不懂乐器，不知牌子的好坏，估摸不出价格。它的说明写得比较详细，钢琴上还有“出售”二字，放在这里寄卖。

主人叫莱拉，不到 30 岁，是英国埃塞克斯郡的一名歌手。她说：“2005 年送我钢琴的人和我只交往了相当短的一段时间，其间他不时为我买香槟和奢侈品，花了很多钱，我都不觉得我们在恋爱。关系只持续了大约两个半月，分手时他送了我一架钢琴。对一般人来说，把钢琴作为分手礼物实在是太奇怪了。我想，它会让看展览的人们扬起微笑。”

我看着钢琴，并没有扬起微笑。我想——什么人愿意买这里出售的钢琴呢？它弹出的曲调是否充满莫名其妙的困惑？再者，依我的观念，既然分手了，就别要人家这么贵重的礼物了，也好让自己云淡风轻，放下后患。想那女子，每过一段时间就要打电话询问博物馆——我的钢琴卖出去了吗？

有参观者说，当你在展品之间四处走动的时候，会从标签上读到各种各样的故事，它们中有些宣泄着愤怒与痛苦，有些则充满了快乐和释然。

我在一件展品前感到了强烈的纷扰。一把斧子，雷厉风行凶神恶煞的样子。这是一名德国女子捐出来的，说她在失恋之后买了这把斧子，把同居时的家具劈成碎片。她在说明中颇有幽默感地写道：“越劈，我的沮丧就越少。就这样，这把斧子就被提升为疗伤工具了。”

严格讲起来，我觉得这把斧子不能算作纪念物，因为它是在失恋后买的，男人没有看到过这把斧子。斧子承担了排解痛苦的任务，是个工具。我个人建议，斧子有点儿暴力，用笔锋把对此人的愤慨宣泄出来为妥。若是实在难以抑制怒火，不妨找个旧羽绒枕头暴打一顿，直打到枕皮爆裂，羽絮翻飞。一只打爆了不解气，可以升级为一对。至于家具，实在不想要，丢到垃圾箱里，让别人捡去吧。

有一架钟表让我感动。挂在墙上，不走。永恒地停留在了一个时间，好像一个人死去了。

有 Skype（互联网电话）标志的时钟。捐赠者在钟的表蒙子上写了“分手在 Skype”字样。她的故事是这样的：“我每天都计算着时间，远在欧洲的他是睡还是醒了？我们以电邮、电话、Skype 等多种方式交流，但最终还是在 Skype 上分了手。”

毫无疑问是异地恋，网恋也说不定。尽管周围不乏网恋成功的例子，但我仍然对这种恋爱方式抱以浓厚的疑问。爱情这事，需要眼耳鼻舌身的全面接触，包括生物免疫系统是否相契合，基因是否匹配，都要有近距离的磨合才可定论。语言和文字的交流，只是一部分。这一部分固然万分重要，但伴侣毕竟不是工作同伙，不是开电话会议就能决定的事。我觉得这姑娘不用太伤感，这个钟表在某种程度上挽救了她。如果问人们，当你的伴侣并不适合你的时候，你是希望在恋爱的时候终结这段感情，还是愿意在结婚之后以离婚来收场？我相信大多数人都愿选择尽早结束联系。顺带说一句，给人送钟，按照中国人的说法，确有不祥。

咦，写到这里，我突然惊奇地发现，为什么留下展品的都是女人呢？

揣摩。女子怀旧，加之珍惜物件，念念不忘并易怀恨在心。

我加快了脚步，四处搜寻，终有所获。一个男人写道："它是我前女友给我的礼物。我们分手后我才知道，她对我有多重要，我们分手全是我的错，我太年轻，不懂得珍惜。"

那情深意长的礼物是一条中档皮带。

还有一件展品，分不出是男是女所捐，姑且放在这里。它名为"爱情香炉"。上面只写了三个字："不管用。"想那主人曾经净手焚香不断祷告，希望爱情终成正果。享受香火的神仙们太忙了，没理这个茬儿。

眼球被吸引过去的展品，基本上还都是女子所捐。

失恋博物馆一角

一块稍有破损的汽车侧视镜。捐赠者说，有天晚上，她丈夫的车停“错”了地方，停到了别的女人门前。第二天早上丈夫回到家，若无其事地说，醉汉发酒疯搞坏了他的侧视镜。于是她提出分手。

故事浅尝辄止。侧视镜是谁摘下来的呢？侧视镜坏了就会停错了地方？多么难以自圆其说的谎言。可以想见这女子当时义愤填膺，不仅仅是背叛，还有欺骗。不仅仅是愚蠢，还有狡辩。不过，侧视镜无辜，摆放在这里，不是失恋信物，而是出轨证据。

展品里有很多毛绒玩具。有只布龙虾，样子不美观且污渍累累。捐赠者来自萨拉热窝，而且还和中国有点儿关系。这姑娘写道：“我的前男友是中国人，我们在美国相识，后来我回了萨拉热窝，他去了新加坡。从那里他给我寄来了这只龙虾，我每天把它放在枕边睡觉。但最后我们还是分手了。” 估计这只龙虾成了替罪羊，被扔过摔过，所以鼻青脸肿面目全非。

还有一只不算太大的旧毛绒泰迪熊，半死不活地蜷缩在玻璃柜里，可怜兮兮。署名“太天真”女士捐赠。她在情人节收到这个礼物，可是发现男友感兴趣的只不过是她的身体，而非内心……

特别喜欢毛绒玩具的人，多是在婴幼儿时期没有得到父母足够的重视和爱抚，他们的皮肤饥渴一直携带到了成年。所以，送毛绒玩具给别人和特别爱接受毛绒玩具的人，比较容易被温柔的呵护所打动，有时会被人攻其弱点加以利用，上当受骗。他们以为找到了如父母怀抱一样的温柔窝，其实不过是粉红色陷阱。

最令人伤感的展品，是一位美国女子的熨斗。“我曾用这熨斗熨我的婚纱，但现在除了它什么都没有留下。”我一时搞不清——她的婚礼究竟有没有举行呢？这件婚纱到底在太阳下穿过没有呢？是新郎官在婚礼前变卦不肯结婚了，还是婚后他们分道扬镳，这女子一点儿经济上的分割都没有得到，就卷着婚纱净身出户了呢？

这个世界上没有经历过失恋的人，大约很少吧？这个世界上，死于失恋的人，大约不是很少吧。“少年维特之烦恼”就是明证。失恋是人类的一种病，对于很多青少年来说，直接演化成一场危机。从这个意义上说，“失恋博物馆”真是非凡创意，给了人们一个疗伤的所在。

失恋到底失去了什么？人们多以为失去的是另一个男人或女人对你的爱。其实，真正将我们打翻在地并由失望引发的绝望之感，源自我们被所相信、所喜爱的人否定了。于是有人顺势得出——自己是不值得被人爱的，自己是没有价值的，甚至没有资格活下去的悲惨判断。

失恋引发自卑，这才是最可怕的。只要你不自卑，爱自己，无论失恋当时的感受多么痛楚，终归会走出来，重新意气风发。

失恋博物馆以貌似悲剧实则喜剧的方式，鼓起人们走出失恋的勇气。你不必自卑，你也不孤单，看看全世界，失恋的人多着呢。从失恋中走出来后，照样嬉笑怒骂。

你会在此窥到很隐秘的物证——人们在恋爱中馈送了什么？你会发现，原来平常物居多。所以，大可不必送一鸣惊人惊世骇俗的礼物。寻常人还是做寻常事为好。我对于那些 999 朵玫瑰，用烛火摆出心形或是拉一群不认识的人扯着横幅吼一嗓子“我爱你”的举动，都不大看好后事。壮怀激烈机关算尽的举措，不容易长久。当另一方被感动得忘乎所以涕泪滂沱时，也就失去了理性判断的冷静。双方头脑发热，以为今后天天莺歌燕舞烈火烹油。不料降温之后，一切复常，柴米酱醋九九归一。接下来的日子会觉得索然无味，寡淡的日常生活不足以刺激荷尔蒙的汹涌分泌。由奢入俭难，漫长的一生一世就难坚持了。

人间百态在此上演。对于失恋物品，刀剁斧劈者有之，拿出来拍卖最后挣一小笔零花钱者有之。有些人毫不饶恕，另外一些人莞尔一笑……大千世界无奇不有，相比之下，悲哀不过沧海一粟，不必太过执着。

然而我内心深处，深信有一些感人至深的失恋，是任何物品都难以寄托和承载的。能拿得出来并供人把玩的，或多或少有故事和追悔，从广义上讲，这种失恋者是爱表演的。一些无怨无悔的失恋，只能在心中埋葬，连墓碑也不留一寸。

失恋博物馆大受追捧。据说它已在 17 个国家的 25 个城市举办过展览，参观者达近百万人次。由于失恋的永恒性，这个博物馆也会收集到越来越多的展品，有越来越多的人来参观。

我对博物馆的负责人说，可以将窗户上摆着的中文解说词卖给我一本吗？她说，不行，我们只有一本。我说，那可以把电子稿发到我的信箱里吗？她思索了一会儿说，可以。于是，我在异乡的土地上，一笔一画留下自己的邮箱地址，回国后开始了漫长的等待。为了保险，我让另外一位同伴也留下了邮箱地址，怕万一出了什么纰漏，还有个补救。

时至今日，还没收到相关的第一手资料。我只好依靠自己当时的记忆写出上文。不准确之处，祈请原谅。

我仍然期待着哪一天打开邮箱，会收到来自克罗地亚首都萨格勒布的邮件。

65 年之后的芬芳

整个巴尔干半岛，不同的国家流传着相同的故事。上帝创造世界的时候，要给各个国家分配疆域——包括山川、河流、土地、气候等等。这个国家的人做事一向不着急，呼呼大睡。睡到自然醒，去见上帝。上帝已经把世界上的东西，手脚麻利地分配完了。如何是好呢？上帝仁慈，也不能让他们空手而归啊，只得站起身来，把坐在屁股底下原本打算留给自己的土地，分给了这个国家的人。从此，这个国家的人就得到了世界上最好的土地，拥有了得天独厚的自然环境。上帝可就惨了，累了也没有坐下来喘口气的地方，成天东游西逛。

保加利亚人这样说，克罗地亚人这样说，斯洛文尼亚人这样说，波黑人也这样说……

到底谁说得对？或者换个说法，上帝到底有几个屁股？我想，这故事流传甚广，说明巴尔干半岛确实是福地宝地。生活在这里的人，大可以对本国风光骄傲得意。再者表明这块土地原本山水相连，地理上没有太大阻隔。如今人为地分裂成多个国家，但民间故事难以像蛋糕似的切开，人们只好共享美好传说。

在巴尔干半岛绕了一圈，我觉得最符合上帝屁股之说的国家，非保加利亚莫属。

到保加利亚去，是我们这次旅行的酵母菌。旅行像一块膨胀的发面团，必有最早撒入的老面肥。

教科书是我们了解世界的始发点。在我学习地理的那个年代，关于欧洲，书上只有寥寥几章。以今天的眼光来看，实在过于简单。保加利亚那一页，除了最基本的面积和人口之外，只有一句：盛产玫瑰花。但这一句话颇有热度，烙在我幼稚的心灵里。一个国家的特产居然是一种花，真是太别致了。半个世纪之后，当我有了足够的闲暇和一点儿金钱可以支付旅费之后，我决定去看看这个以花草享誉世界的国家。

一切从玫瑰开始。保加利亚有个玫瑰节。开幕时间定在每年 6 月

份的第一个星期日，然后持续一周，有很多庆典活动。

2013 年 6 月的第一个星期天，是 6 月 2 日。好吧，我们决定在这一周内，赶往保加利亚，围绕着一朵玫瑰筹划旅程。保加利亚加入了欧盟，但不是申根国家，签证办起来比较麻烦，到保加利亚也没有直达航班，必须转机。既然如此繁难，就不妨多看几个国家。

酵母发作，最后膨胀成庞大的计划，将巴尔干半岛上的国家一网打尽。先在周边转，最后一站抵达保加利亚。

保加利亚位于欧洲东南方，巴尔干半岛的东部，东与黑海为邻，北与罗马尼亚隔河相望，卧居多瑙河畔。面积 11 万平方公里，大约和江苏省等大，人口 700 万。它是通往欧洲、亚洲、非洲的必由之路，也是沟通黑海、亚得里亚海、爱琴海的重要枢纽，自古以来是兵家必争之地。

公元前 2000 年色雷斯人开始定居于此，公元 395 年并入拜占庭帝国。公元 681 年，自多瑙河北岸南下的斯拉夫人、自高加索北部西迁的古保加利亚人和色雷斯人在阿斯巴鲁赫汗的领导下，战胜了拜占庭的军队，在多瑙河流域建立起了斯拉夫保加利亚王国（史称第一保加利亚王国）。1018 年再次被拜占庭侵占。1185 年保加利亚人起义，1186 年建立第二保加利亚王国。1396 年被奥斯曼土耳其帝国侵占。

1877 年俄国对土耳其宣战，土耳其战败。第二年，1878 年 2 月俄土战争结束后，保加利亚摆脱土耳其的统治获得独立。因战争而筋疲力尽的俄国无法顶住英、德、奥匈帝国等西方列强的压力，根据 1878 年 7 月 13 日签订的《柏林条约》，保加利亚被一分为三：北部的保加利亚公国、南部的东鲁米利亚和马其顿。1885 年 9 月 6 日，又实现了南北统一。之后的保加利亚昏了头，两次世界大战都站错了队，均为战败国。

第一次世界大战中，它同德国、奥匈帝国和土耳其结成军事同盟。第二次世界大战中，又加入德、意、日法西斯三国集团。1946 年在苏联红军帮助下，废除君主政体，9 月 15 日宣布成立保加利亚人民共和国。1989 年东欧剧变后，于 1990 年 11 月 15 日改名为保加利亚共和国。2005 年 5 月 11 日，保加利亚通过了加入欧盟的条约。

我猜您看得头都大了吧？的确非常繁杂，归根到底就应了一句话——巴尔干半岛是欧洲的火药桶。不过现在行走在索非亚，丝毫联想不到“火药桶”这类词，整个国家如同花园。举个小例子证明我所言不虚。保加利亚人如果是东道主，邀你坐他的私家车同行，不会像讲究商务礼节的西方，让客人坐在司机背后的位置，利用开车人为了保命的本能，让驾驶员当自己的人肉盾牌，一旦出了事，自己可以享有尽可能大的安全系数。保加利亚人会热情地让客人坐到副驾驶的位

置上，好让客人能更清晰地欣赏一路上的好风光。我觉得除了保加利亚人为自家的大好河山自豪外，也和地广人稀，车祸发生的比例比较低有关吧。

想起咱们的城市公园，一本正经地用栏杆圈起绿地，精心修剪，坐地收费。保加利亚的花园并不摆出贵族嘴脸，而是碧树青草漫地疯长，虽披头散发，但平易近人，触手可得。城市居民随时可从任一角落走进去，享受大自然对城市焦躁人心的安抚。

花草虽盛，但那朵让保加利亚在世界上大出风头的玫瑰花，并非此地土著，而是 300 年前从波斯乔迁而来。它繁衍昌盛，比在原产地发展得还好，如今玫瑰精油的出口产量，保加利亚已占到全世界的 40% 份额。

在保加利亚，得玫瑰者得天下。

玫瑰先是在巴尔干山脉南麓卡赞勒克谷地开始培育，后来扩大到卡尔洛沃谷地。两谷地携起手来，东西相连，长度超过 120 公里。高耸挺拔的巴尔干山脉挡住了来自北方的寒冷空气，斯特列玛河和登萨河在谷地流贯。地中海暖流从南部穿峡沿着河道一路吹拂，带来了充沛的降水。冬暖夏凉，水足土肥，暖湿气候与肥沃的土壤相得益彰，为玫瑰花的生长提供了最适宜的环境。7000 多个品种的玫瑰争相斗艳。

人们便给这谷地起了香气四溢的名字——玫瑰谷。

蔷薇科有三姊妹——玫瑰、月季和蔷薇。在中国，人们习惯把花朵直径大、单生的品种称为月季，情人节风靡市场的“蓝色妖姬”“红衣主教”等就是此类。小朵丛生的称为蔷薇，可以攀缘爬墙编成花篱。那看起来并不是最耀眼却最芬芳，并可提炼香精的称为玫瑰。在植物学分类中，保加利亚的玫瑰品种为突厥蔷薇，也常被称为大马士革玫瑰或波斯玫瑰。

8000朵玫瑰花，可以提炼出一滴玫瑰精油。它疗效神奇，消炎杀菌、防传染病、防发炎、防痉挛、促进细胞新陈代谢及细胞再生功能。除了生理上的功效之外，它还具有心灵疗效，能够抗忧郁和缓解神经紧张。当你沮丧、哀伤、忌妒和憎恶的时候，轻嗅玫瑰精油，便可提振心情，舒缓压力，对自我产生积极正面的感受。

看到这里您可能嗤笑，不过一滴精油罢了，何必说得这么邪乎？

这是有科学道理的。玫瑰精油可在3～5秒内穿透真皮层和皮下组织；5～8分钟进入人体的血液及淋巴系统。它纯天然的植物芳香，经由嗅觉器官和嗅觉神经将温和美妙的刺激传入脑部后，会刺激大脑前叶分泌内啡肽。这种荷尔蒙，会使精神呈现最舒适的状态。玫瑰花香清幽淡雅，让人有被安全环绕的幸福感。暖暖的味道经久不散，给

人无限的爱与浪漫的遐想空间。要知道，人的嗅觉神经是非常古老而强大的系统。人类的五大感觉排列如下：触觉—味觉—嗅觉—听觉—视觉。从生物进化理论来看，这五大感觉也是从左到右逐渐进化演变而来，所以嗅觉比听觉和视觉都要古老。人类的嗅感能力，通常可以分辨出1000～4000种不同的气息，交给大脑海马回及附近的神经中枢辨析。“闻香”作用于中枢神经系统，良性气味放松身心，恶性气味就成了一刻也不能容忍的刑法。2002年，有中药学院利用现代技术和设备，对玫瑰的药理作用进行了更深入的研究，发现玫瑰花提取物对艾滋病有抗病毒作用，还有抗肿瘤作用。

玫瑰是花中之王，玫瑰精油也是世界上最昂贵的精油。每亩土地可产玫瑰花瓣100公斤，3000～3100公斤玫瑰花才炼出1公斤玫瑰精油，其价值等同3公斤黄金。制造香水和香精所用的玫瑰精油，有70%来自保加利亚。那些最奢侈的香水品牌，比如香奈儿、雅诗兰黛、兰蔻等，背后都藏着保加利亚玫瑰精油的倩影。

当地人传说，卡赞勒克玫瑰是女神用自己的鲜血浇灌而出，特别红，异常香。玫瑰花象征人民勤劳、智慧和酷爱大自然的精神，玫瑰的遍身芒刺是人民在奥斯曼帝国和纳粹德国面前英勇不屈与坚忍不拔的化身。每年收获玫瑰的时候，花农们会举行丰富多彩的庆祝活动，一道

采摘玫瑰花，品尝新鲜的玫瑰果酱、玫瑰酒和其他玫瑰制品。

清晨，穿着鲜艳民族服装的玫瑰谷人，欢歌笑语翩翩起舞，感谢上天风调雨顺带来玫瑰花盛开。采摘能手们手提花篮，行进花丛中，手脚麻利地采着花，还不忘扯开喉咙放声唱歌：“姑娘睡在花丛下，玫瑰花瓣飘落在她的身上……”采摘后还有狂欢。人们以欢快的舞步庆贺玫瑰丰收。头戴各色面具，手舞足蹈的青年人，在轰鸣礼炮声中，敲着铜鼓。有一只巨大的公鸡，名叫“巴伊卡依娜”，成了群舞的领导者。据说，这舞蹈是驱魔的。

请注意，以上这些情形都是我从资料上查到的，并非自己亲眼见到。我们从保加利亚首都索非亚向玫瑰谷进发，周围景色不错，山峦起伏绿色盎然。诡异的是，一路上没看到一朵玫瑰。时间正好啊，6 月份的第一个星期。难道这个谷掩藏得很深，像万人坑似的，不到近前发现不了？

满怀疑虑到了玫瑰谷。

甚至来不及失望，只剩强大的惊愕。

千万里地赶了来，看到的只是玫瑰叶子。当地人告知，玫瑰花和花苞都很脆弱，非常易受天气影响。稍有不宜，花苞就会提前掉落或枯萎。2013 年春天气候太旱，玫瑰花提前在 5 月中旬就匆忙开放，现

在已全都凋谢。由于欧洲经济危机尚未消散，客商寥寥，玫瑰节诸项庆典，在简单开幕式后，草草收兵。

听到这个消息，我们正站在玫瑰谷清凉的风雨中，气候潮湿而温暖。我们的旅程安排中，今天是宿在花香四溢的玫瑰谷，明天一大早，随花农采摘玫瑰。进玫瑰园的采摘票都买好了，费用已全部缴纳。

呆呆地傻站着，不知道如何是好。

多年来旅行，遇到过种种意外。基本方略是兵来将挡，水来土掩。今天这种情况，叫人愣怔。你专程去探望朋友，迎接你的是该人棺椁。你无法起死回生，你不能埋怨死者为什么不苟延残喘地等等你。唯一能找到的情绪出口，是埋怨主办方为什么不提前广而告之。

导游说，保加利亚的玫瑰节，不能提前预测，只能看天行事。他们没想到会有我们这样痴心的远道游客。不管说什么吧，反正所有的节目都泡了汤，欲哭无泪。唯一能补救的，是拜访一家玫瑰精油的加工作坊。

弯弯曲曲的小路，满脚泥泞。终于到了和三五户民居差不多大小的一处厂房。满面笑容的厂长前来迎接我们，约 60 岁，身材高大面容红润，浑身带着玫瑰的香气。香气的确有不可思议的令人愉悦之效，我们的心情渐渐好了起来。

工厂就这么大吗？我说。原以为会看到鳞次栉比的厂房和流水线上忙碌的工人，不想是有些寒酸的小作坊。

我们是这一带最大的玫瑰工厂之一。厂长扬起稀疏的金色眉毛。

为了保证玫瑰的品质，玫瑰花采摘下来，必须在两小时之内加工。要用 20% 的食盐水将鲜花腌在干净防渗的池子里，盐水要将花全部淹没，密封存放。如果厂子和玫瑰花隔得太远，就不能在第一时间完成这道工序。所以，加工玫瑰的作坊不能太大，关键是要保证玫瑰的质量。红脸膛儿厂长解释。

走进玫瑰花加工作坊，最显著的是一排硕大的蒸馏釜，足有两人高。玫瑰花就是在这里被投进暗无天日的罐中，接受蒸汽洗礼。整个厂房看不见一朵玫瑰花，到处是亮闪闪的金属器物。

每一锅都不能装得太满，最多只能到蒸馏锅的 2/3。红脸膛儿厂长介绍工艺流程。装好锅之后，就通气加热。刚开始，不能用大量蒸汽。锅内的温度低，太足的蒸汽会增加锅内的水含量，玫瑰花会被冲得上下翻滚，花渣、飞沫四处飞溅，影响产品的质量。所以要缓缓升温，让花朵充分被水湿润，等到花瓣受热变软沉于水中时，再适当加快升温过程。红脸膛儿厂长说完，眼巴巴地看着我们，很希望客人们能听懂。

我说，明白了。就像煲汤，小火慢炖。要是火大了，会把玫瑰花

玫瑰精油提炼作坊

和玫瑰精油工厂的厂長

煮飞了，香味散失。

红脸膛儿厂长很满意，用粗胖的手指点着弯曲的管道接着说，后面的过程就是冷凝。它的出口处装着温度计，我可以随时观测馏出液的温度。玫瑰精油的密度小于水，静止时，油在上层，分离器将其与水分离，就成了玫瑰精油。最后的步骤就是分装。玫瑰精油是多醇、多烃、多烯类有机物，如果暴露在空气和阳光中，很容易发生氧化。要用棕色玻璃瓶密封包装，贮放在冷暗处。

我们不管听懂没听懂，一个劲儿点头，以回报红脸膛儿厂长的职业自豪感。

到了最令人激动的时刻。厂长将我们领到库房，让大家选购玫瑰制品。

导游说这个牌子的玫瑰精油很有名，在首都索非亚有专卖店，大约是 140 元人民币 1 毫升，在这里是 100 元。大家开始疯狂购物，玫瑰精油、玫瑰花瓣香囊、玫瑰水、玫瑰露……每人都买了一堆，又掰着手指头算还有多少朋友没摊上，掉转头继续买……

导游和红脸膛儿厂长忙里偷闲地说着悄悄话。

你这个玫瑰精油很好。导游夸赞。

当然，厂子办了很多年了。红脸膛儿厂长笑眯眯地回答。

闻闻玫瑰香气

我这次会买很多玫瑰精油。导游说。

你选择对了。我会给你一个优惠的价格。红脸膛儿厂长说。

我以后到你这里来毕竟不方便。我要是在索非亚专卖店买你的产品，可否用这次的价钱呢？毕竟，我们认识了。导游说。

红脸膛儿厂长摇头说，那不行。这是厂子里的价钱，你到这里来，我就给你这个价。到了索非亚，就不能用这个价钱，不然就是对别人不公平了。

玫瑰产地的人，不光有芬芳，也有玫瑰的刺。

大家满载而归。出了门，红脸膛儿厂长说，我的花园里还有一些花期最晚的玫瑰在开放。你们愿不愿意去看一看？

“乌拉！”我们用俄语欢呼。千万里的奔波，终于在这一刻一睹芳颜。

玫瑰的花枝很高，几乎没过人头顶，简直可以称之为树。有几朵零落的花朵在风雨中飘零，暗香涌动。它们并不如我们常见的玫瑰艳丽逼人，被雨滴遮住了面庞更显平凡。花瓣呈淡粉或白色，花朵直径 3 到 4 厘米，谦逊地半低着头。我们只能像个色盲似的疯狂发挥想象力，将眼前的碧绿叶子都幻化成红色的花瓣，复原为壮观的花海。

玫瑰花并不是特别红啊。我说。

特别红的玫瑰，香气比不上粉红色和白色的玫瑰。红脸膛儿厂长说明。

可以摘吗？我们看着风雨中瑟瑟发抖的几朵宝贵玫瑰，不忍也不敢下手。

红脸膛儿厂长点了点下颌。我嗖地摘下一片花瓣，食指和拇指一捻，花瓣在指尖上变得半透明，稀薄汁液渗出来，有轻微的黏度，像兑水的蜂蜜。甜香就在这一瞬袅袅升起，如烟如缕。把手指凑到鼻尖，贪婪地猛吸几口气，温雅的味道让人顿觉岁月静好。

脚下一滑。低头一看，在美丽的玫瑰花根部，是一摊被雨水化开的稀牛粪。玫瑰为什么那么香，靠的是牛粪的营养。红脸膛儿厂长说。

不怀好意地想起那句歌词，“姑娘睡在花丛下……”

一只芦花母鸡叼啄着飘落的玫瑰花瓣，一嘴一瓣花。同行者有美食家，连连啧叹，这鸡的味道一定上等，炖了吃，可称真正的玫瑰鸡。可惜大家都没有胆量问红脸膛儿厂长，玫瑰花下的老母鸡，可卖？

参观玫瑰历史博物馆。院落雅洁，绿化上佳。想象中的玫瑰博物馆就该是这样。只可惜，他们的院里也没有一朵玫瑰。博物馆里有很多图片和实物，介绍保加利亚种植玫瑰和提炼玫瑰精油的历史。17 世纪时，一位名叫康斯坦丁·高尔基耶夫的年轻人开始种植玫瑰。1968 年，

好不容易找到几朵最后的玫瑰

卡赞勒克成立了玫瑰研究所，从此为保加利亚玫瑰的科学化生产插上了翅膀。

博物馆里最引人注目的是一面墙，挂满了历届“玫瑰皇后”的照片。这可是玫瑰节的重头戏，所有的未婚女性都可以报名参加，几经选拔，最终胜出的玫瑰皇后，成为整个玫瑰节的灵魂人物。

加冕仪式隆重奢华。在玫瑰节开幕的前一天晚上，金马车载着去年的皇后缓缓来到卡赞勒克市中心广场，鼓乐齐鸣中，她要亲手将皇冠传给新人。新一届的皇后登基，头戴金灿灿的皇冠，身穿红色长裙，雍容华贵，将出席玫瑰节的每项庆典。

博物馆说，20 世纪 70–80 年代，保加利亚人甚至动用飞机在天空抛撒玫瑰花瓣和玫瑰香水。这些年，由于经济不景气，豪气渐失，今年几乎到了偃旗息鼓的状态。我们问，2013 年的玫瑰皇后倩影在哪里？答，不知道什么时候才能把图片整理出来。

一个高大的金属罐子吸引了我的注意力，它一人多高，敦敦实实，堡垒一般牢靠。做什么用的呢？我问工作人员。这女子非常美丽，以至于我们问她，是否当选过某年的玫瑰皇后？她看起来很受用，但还是摇摇头否定了我们的猜测。

早年间，它装过几百公斤玫瑰精油呢！美女略带自豪地介绍。

我等凡夫俗子没出息地赶快心算这几百公斤的精油，折合成钱款，该是多么巨大的数字！

看我们面露震惊，美女索性得意地把金属罐子的塞子拔下来，递到我手里，说，你闻闻看。

我凑过去，用力抽吸，玫瑰香气缭绕鼻翼，我说，香。很香。非常香。

美女工作人员说，这个罐子从前装过玫瑰精油。从那时到现在，已经整整 65 年了，芳香依旧。

我们就传看这个塞子，每个人都努力以鼻子绕塞吸气，面露不可思议之色。65 年了啊！

美女工作人员很高兴，把塞子安放回去。

那一天，虽然没有看到满谷怒放的玫瑰花，但玫瑰的香气始终包绕着我们，心里甜滋滋的。

傍晚时分，我在屋外散步，遇到一位男同伴。他说，闻到 65 年前的气味，您想到什么？

我说，想到时间令人敬畏。有一些气味亘古不变。

男同伴笑笑说，您幼稚了。

我说，此话怎讲？

他冷笑道，您真的相信那罐子盖上的味道，是 65 年前留下的吗？

不可能。我相信这个博物馆有个保留项目，隔几天要在罐子盖上滴上一点点新鲜的玫瑰水。必须是一点点，多了就太浓郁了，引起怀疑。画虎不成反类犬了。

无言以对。我知道这世界上有一些人，习惯于猜疑和从负面思考。我琢磨了一下，还是选择幼稚地相信那是 65 年前的芬芳。

送你一枚捕梦网

人每日穿行于双重宇宙中。

一个是包绕肉体的现实中情境，一个是潜藏于我们内心的幽谧洞穴。人在清醒的时候，五官开放，不停接受着外界的信息，做出各种应答和反应。到了困乏之时，操劳了一天的理智，不得不开始陷进或深或浅的抑制，人就放松地进入了睡眠。但是，除了死亡，人不可能完全丧失感知。人的生理和心理依然保持警醒。比如，我们的心脏不可能停止跳动，我们的腹部不可能停止消化，我们的胸膛不可能停止呼吸。我们的耳朵，小的动静听不到了，但大的声音依然会唤醒我们。

我们的鼻子，依然保持着灵敏的嗅觉。甚至我们的手和脚，也会在睡梦中舞动，防止被压迫太久而麻木。

所以，我们不可能完全放弃意识。当外界的干扰减到最小时，那个在理智控制之下的内在系统，就像地下水的泉眼，汩汩流出。它的代表作，就是装饰夜晚的梦境。

古代人重视梦，因为有一部分梦，的确带有警报和预示的作用。我们的潜意识可不是白吃饭的，为了生存的需要，它们夜以继日无时无刻不在分析着情况，为主人做出各种判断，提供情报和警报。它们也要顽强地发出声音，但白天人们目不暇接地受到刺激，实在无暇听取潜意识的发言。潜意识无奈，只好在夜深人静的时候，自告奋勇跳出来一抒己见。它的表现形式就是创造出千奇百怪的梦境。有快乐的，有幸福的，有险恶的，也有惊恐的……上天入地不可预测。

人们当然希望多做好梦。这不仅是源自远古的淳朴期待，也符合思维正能量的理论。当你的希望积极正面，天地万物都会响应你。按照吸引力法则，你存有心想事成的能力。所以，好梦在世界上任何一种文化系统中，都是受人欢迎和嘉许的客人。

可人无法控制梦的性质，梦是无拘无束的黑蝴蝶。你不能制订今晚完成一个好梦的计划。梦如野马，放任不羁来去无踪。不过有一点

是肯定的，内心越是不安宁，精神力量越是薄弱，安全感越差的人，越容易出现噩梦。

儿童是噩梦的高发群体。婴儿在睡眠中突然毫无来由地哭闹，旁边的人一定会说，这孩子做噩梦了。

如果看到某人在睡眠中陡地脸色大变表情狰狞，人们也会赶紧叫醒他，说刚才你一定做噩梦了。

为了控制无法无天纵横驰骋的梦，古老的先人们一定做过不懈的努力。

在北美洲的印第安人土著部落，有一个绵延至今的风俗，就是妈妈们亲手制作一种名叫“捕梦网”的羽毛箍，放在婴儿的摇篮边，以这种方式保护孩子们梦境平安。

捕梦网源于一则古老的神话。太阳女神是个长得像蜘蛛模样的神灵，她每天晚上会在婴儿睡觉的地方织网。当梦境浩浩荡荡杀过来之时，这张网发挥作用，把噩梦滤出来，只放好梦通行，进入孩子的身体，这样就能保证宝宝们睡得好。不料印第安人的部落越来越大，孩子们也越来越多。蜘蛛太阳神分身乏术，没法再像以前那样亲自织网贴身照料每一个孩子，就想了个新办法。把织网术教给所有的印第安母亲，让妈妈们亲手制作一张网，放在孩子床前，保佑孩子夜夜平安。这网

名叫“捕梦网”。

我到加拿大北部山区的麦克默瑞堡镇，观看北极光。这个小城，位于北纬 57 度，属于极光圈带最南端，气候相对温和，而且空气干燥，没有光污染，质子与粒子的运动量大，比较容易出现极为玄幻的北极光光束。

看北极光是要靠运气的。据说如果待上三天，就有超过 90% 的可能性看到极光。我们安营扎寨的酒店，外观很像印第安人的小屋，只是放大了很多倍。大堂的屋顶上，悬挂着一张巨网。某种坚硬的藤索状物质拧成一个圆箍，圆箍上缠着褐色兽皮做的保护层。中间用干燥的半透明野兽皮筋条，拧成类似粗大丝弦的网状结构，彼此勾连成不规则的花纹，网络交叉处，缀以美丽的石头。丝络固定在外箍的八个点上，中间形成了一条中空的孔道。在网的下方，纷披垂落美丽的羽毛。它就是巨型版的捕梦网。八个点就代表了蜘蛛女神的八只脚，而网中那个洞就是太阳的意思，只让好梦就此通过。好梦过了太阳关之后，并不停脚，而是化整为零，顺着羽毛流淌，最后渗透进人们的梦乡。

当地人告诉我说，这张捕梦网，耗时许久，功能卓著。

我大喜，问，是否所有住此酒店的人，都不会做噩梦？

当地人说，那也不一定。单有捕梦网是不够的，还要下符咒才灵。

印第安人信奉强大的“灵力”，只有施了咒语的捕梦网，才是完整的保障体系。不仅能保佑孩子，对成人也非常灵验。像我们这样的异乡人，做不做噩梦，要看神灵的意思。

印第安人相信在夜晚的黑暗中，非常拥挤，飘浮着数不清的梦幻，还有先人遗留下来的智慧，它们鱼龙混杂有好有坏。魔幻的幽灵环伺在睡眠者的周围，等待时机进入睡眠者的脑海。捕梦网会提供保护，梦就像含有金颗粒的河沙，在此接受筛检过滤，以分出善恶。美梦轻盈，过关斩将，穿行无阻，最终落户梦乡。邪灵噩梦，会像间谍被“捕梦网”死死抓住，不得动弹。清晨第一缕阳光降临之时，被打扫在一处的噩梦，会像泡沫一样消失。

印第安人传统的捕梦网很朴素，先用树枝编成一张圆圈，再用皮革绕着圈把它包起来。然后用牛筋线在圆圈中绕出一张网，在牛筋线上穿坠石头、贝壳和彩色的珠子。圆圈的一端以皮革缝上羽毛。羽毛有向导的作用，牵引着好梦顺利走入梦境。

构成捕梦网的材料很讲究，那可不是随意拼凑的。印第安人相信“万物有灵”，对自然界的一草一木、一山一石都抱以敬畏态度。所以，他们为制作“捕梦网”精挑细选的材料，都是具有象征意味的神物。

网代表力量。(难怪旅店的捕梦网那样大，简直可以用来保佑大象。)

石头代表土地，主要指陆地。这一点，杀气腾腾的历史让印第安人的美好愿望落了空。他们广袤的土地被欧洲殖民者肆意掠夺，如今只剩下了范围逼仄的几块保留地。

羽毛，代表着通往梦境那看不见的道路。黑羽代表着权贵和死亡，艳丽的红羽则表达善意、能力和富饶。

印第安人是羽毛控，赋予羽毛至高无上的意义。它象征着勇敢、美貌与财富。根据颜色及佩戴方式，它还象征不同的社会地位和情感状态。有时候，它还是爱情的信物。一个印第安男子，如果佩戴十分罕见的鸟羽，在姑娘面前走过，就表达热切求亲的爱恋情感。

而且羽毛也不是随便什么人都可以任意佩戴的。平民一般只能插一根普通羽毛，只有酋长才能佩戴大量羽毛的鹰羽冠。羽毛越多，代表功劳就越大，越受人尊敬。鹰羽冠上的每根羽毛，都必须采用最凶猛的鹰和雕的尾部长羽。早年间，印第安人没有武器，要捉到巨型猛禽非常不易。鹰羽便代表着积攒战功的久远时间，代表着非凡的勇气和好运气。要完成一顶精美的鹰羽冠，往往需要勇士们奋斗很多年。在印第安人所有的重要场合，酋长都会佩戴鹰羽冠，以昭示天命和威严。

贝壳，是情感的保护者。

珠子和玻璃小球，意指梦幻、创意、魔力和转变。

多年前，我阅读19世纪一位人类学家深入北美印第安部落的手札，他说，不明白当地土著为什么对不值几个钱的玻璃珠子颇为青睐，不惜用十张珍贵的毛皮换取不值几文钱的珠子，吃了大亏还喜笑颜开如获至宝。我也不解，心想，印第安人可能对珠子情有独钟吧。现在明白了，这位印第安男人的妻子，或许正在编织着一张超凡入圣的捕梦网，为了他们即将诞育的婴童。

植物的种子，代表着潜力和创造。

捕梦网的外环，如果是单圈，代表的是能力。如果是双圈，代表平衡。如果是三圈，象征着身体、精神、灵魂的统一。还有人说，圈越多，法术越大，更多的圈有镇静、平衡、减压、自控、智慧和爱的能力。

我陡地生出疑心，疑惑这后来在更多圈上所附会的意义，是现代人面对困境无可奈何的祈求。想当年在密林和旷野中自在生活的印第安人，应该没有如许多的烦闷，需要一层又一层的圈圈来保护。

麦克默瑞堡的朋友们想得很周到，夜里去看北极光，白日怕我们闲得无聊，就安排大家学做捕梦网。老师是位娴雅的当地女士，为我们早早备下了原材料，围坐在小桌旁，手把手地开始教授。每人得到直径约15厘米大的金属圆圈，还有几米长的紫色皮绳、一团钓鱼线、一些散落的珠子贝壳，当然了，最重要的是要有羽毛。只是我们要做

的捕梦网很小，加之为了环保，不能用大型猛禽类的羽毛，我们用的羽毛细而软，像是鸡或鹅的毛，至多是火鸡的毛。

窗外大雪飘飘。端坐在椅子上，轻触精巧的小剪刀和圆圆胖胖的胶水瓶，突然忆起了小时候做手工时的情形。有多少年了，我们不再有闲情逸致动手做玩具，不想在这异国他乡的漫天飞雪中，用古老的印第安人方式为自己编织祝福。

老师说，第一步，先把皮绳缠绕在金属圈上。这一步并不难，关键点是要用胶水将皮绳的固定节点牢牢粘死，使其不会在金属圈上滑脱。还要耐心地等待胶水晾干。

我一边笨拙操作一边心中琢磨，当年印第安人一定不会使用金属圈，他们用的是树枝木藤。

老师说，金属圈均匀平整地覆盖了皮绳后，第二步就可以织网了。

钓鱼线派上了用场，它就是我们的织网绳。说起来钓鱼线洁白细腻结实，真是天造地设的好材料。我不知好歹地心中嘀咕：当年的印第安人一定没有用过这东西。那时捕梦网的网线，应该是天然草木纤维，细而柔长。

老师说第二个步骤还要再分为几个细节。先把鱼线打上结，紧紧地固定在金属圈上，再用鱼线围绕缠了皮绳的金属圈织环。两个环之

间要保持 2.5 厘米的距离。当鱼线缠满一圈之后，把它穿过第一排环，开始编织第二排。然后一直编下去，直到网的中心收口。在最后一排环上加一些小珠子，形成一个圆圈。在距圆心一厘米的时候闭合这个网，并把鱼线的末端打结系在网上。

是不是看得眼花缭乱？且慢，还没完呢。

第三步就是把珠子、羽毛和贝壳等吉祥物，镶挂在你希望它们出现的位置。熟练者可以在结网的同时，就把装饰物分配得各就各位。但我等初学者，只能分步骤操作，以求稳妥。当把这些零件安置妥之后，就用打结或胶水的方式，让它们固定牢靠。

最后一步是在捕梦网的底部，粘上一根吊着饰品的皮绳。最重要的是还要在皮绳上穿好三颗珠子，再把一撮羽毛粘在皮绳上，让它灵动飘逸。

老师说，近来有人发展出更复杂的编法，能够编出 3D 捕梦网。对于这种进展，我毫无兴趣，认定是现代人的画蛇添足。

经过将近两小时的劳作，捕梦网编好了。手执古老圣物的现代缩小版，望着窗外越发紧密的雪花，思绪飞到北美印第安人的身世上。

印第安人，是对除因纽特人以外的所有美洲原住居民的统称。两万多年前，他们就已在这片土地上繁衍生息。印第安人的祖先，是由

亚洲跨越白令海峡到达美洲的亚洲蒙古利亚人的后裔。他们自给自足生活了千万年，直到15世纪末，欧洲殖民者乘着船，一拨拨来到这里。

意大利航海家哥伦布航行至美洲时，误以为所到之处为印度，因此将此地的土著居民称作“印度人”。后人虽然发现了哥伦布的错误，但是原有称呼已经普及，就以讹传讹了。在英语和其他欧洲语言中，称印第安人为“西印度人”，称真正的印度人为“东印度人”。不过我在危地马拉和一位当地印第安人交谈，他有另外的说法。他说，当时登陆的殖民者问：“这是哪儿？”

土著居民当然听不懂，以为问的是：“你是谁？”

他回答“印第安”，意思是“我叫作安”。

不管以何种形式相见的第一面，这注定是一场灾难的开端。殖民者的长枪利炮，阻断了印第安人原有的社会发展进程，掠夺与屠杀给印第安人带来毁灭性的打击。到20世纪初，北美印第安人拥有的土地几乎被剥夺殆尽。

考古发掘至今没有在美洲发现类人猿和直立猿之类的人类近亲遗迹。印第安人的祖先本在亚洲。在约公元前6万年到前3.5万年间，那时的西伯利亚和阿拉斯加之间的白令海峡海面没有现在高，露出水面的陆地形成了一座连接亚洲和北美洲的桥梁。一些亚洲居民从白令海

峡路桥进入了美洲。他们在新的大陆上，定居于从最热的赤道到最冷的高山河流之畔。狩猎、钓鱼，种植、繁衍……我们今天能看到的，只有印第安人留下的古代文明遗址。他们培育了玉米、马铃薯，建造了高大的神庙，留下了在今天难以解释的文字，形成了独特的印第安文明。

印第安人中一些比较发达的民族，如玛雅人、阿兹特克人和印加人，在15世纪时，已经进入了阶级社会。例如在墨西哥盆地，就有强大的阿兹特克帝国，有大约600万人口。它的首都是美洲最大、最美的城市，有20～30万人，当时的伦敦才只有几万人。

过去常说15世纪末欧洲探险家越过大西洋，“发现”了美洲“新大陆”，这是彻头彻尾的欧洲中心主义流毒。印第安人实际上早已在这里生息、繁衍了逾万年，创造了独特的古代文明。哥伦布并未发现一个新世界，那个世界早就存在。他只不过是在两个原本互不相关的世界之间建立了联系，文明开始碰撞。

面对这种不同于己的伟大存在，发现者变成了侵入者。在震惊的同时，感到恐惧。他们开始大肆屠戮。西班牙所属的领地大约有1300万印第安人被杀，巴西地区有大约1000万被杀，美国西进运动中又有100万左右印第安人被杀。现在，拉丁美洲的印第安人基本上没有纯男

性系列的后代。

印第安人留下了庞大的遗址和一些地名。例如在美国，就有 20 多个州、1000 多条河流、200 多个湖泊，以及无数城镇、山丘、河谷、森林、公园，用的是印第安语的命名。比如俄克拉何马意为“红种人土地”，康涅狄格意为“长河”，密西西比河取自印第安语“大江”，落基山意为“石头山”，密尔沃基意为“欢乐之乡”……

在被驱逐与被征服的过程中，印第安人与殖民者进行了英勇斗争。在力量对比悬殊的情况下，战斗持续了几个世纪。在土地沦丧、种族灭绝的最后，一位印第安酋长发出绝望的诅咒：“你们白人永远不会安宁，你们永远会感到有人跟随，因为这是我们的土地，即使你们占领了这里，我们祖先的灵魂也将充斥这里的大街小巷……”

酋长戴着鹰羽冠，鹰羽在战斗中残破凋零。

回到捕梦网吧。

印第安人可愿以他们古老的法术，来保障恶人的睡眠？我问老师。

光有捕梦网的形状是远远不够的，还要下魔咒。老师回答。

我触摸这垂挂着羽毛的捕梦网，瞥到那个曾装着各式材料的纸袋上，赫然印着，“本品供五岁以上孩童使用”。

我明白，它和真正的印第安人神器，完全不可同日而语。

长叹一口气。我们只能用这种极为幼稚简单的方法，来断章取义地模仿一个曾经辉煌存在的民族。他们可以制造出数不清的带有魔法的捕梦网，会感天动地口口相传的咒语，但是无法保障他们的后代和自己的安眠。他们已经淹没在历史的旋涡深处。也许只有在水草萋萋中，他们才能做美丽的梦，好梦顺着羽毛流淌。

后来，我把亲手制作的捕梦网送给一位年轻的朋友，她失眠甚重，好不容易睡着了，又噩梦连连。我对她讲了有关捕梦网的故事。

她大感兴趣，连连问我，捕梦网张挂在哪儿最好？是床头还是床尾？可以用钉子吗？真有效果吗？

我思忖着说，不要用铁器悬挂，就用一根树枝吧。这更符合捕梦网的原生态。

她又说，捕梦网这么古老，就算从前灵光，它能与时俱进吗？有本事分辨出今天的梦境，什么是美好的、什么是邪恶的吗？升任主管和调到外地去当大区代表，哪一个是善意的梦？哪一个是凶险的梦？在好强的屌丝和纨绔的富二代之间，梦见谁算是噩梦？

我大笑，说，捕梦网哪里管得了这么惊悚的东西？印第安人那会儿，光有网不行，还要在捕梦网边下咒语，这才灵呢。

朋友紧张地问，你可会这咒语？

我说，不会。

朋友失望至极，愁眉苦脸地说，单有捕梦网没有咒语，还是达不到安眠啊。

我说，如何入睡是个心理过程。没有任何一种方法比安宁更催眠了。最好的方式是在心里织就一张捕梦网。用的材料不是钓鱼线，而是人生的坚定目标和内心的柔和强韧。

牛仔家的晚餐

如果不算电影中的人物，去加拿大之前，恕我从没见过一个真正的牛仔。见过的只是中国制造的以此命名的帆布裤子。

加拿大艾伯塔省南部的卡尔加里市，在深冬的万物萧索中，因有室内大型商场，温暖地聚揽着人气，熙熙攘攘的，看起来反倒比省会埃德蒙顿市热闹。

这里早先是印第安人的牧场，20 世纪初发现了石油和天然气，经济开始腾飞。不过，石油虽然创造了繁华和财富，但此地最有名的是“牛仔文化节”。

天下之事，只要一成了节日，就有了传说，多了捧场。每年 7 月，全世界会有一百多万游客拥来此地狂欢。真牛仔也有来凑热闹的。7 月的第一个星期五，“卡尔加里牛仔节”盛大开幕，它将轰轰烈烈地历时十天。各色各式的牛仔帽挤破了头，脚蹬牛仔靴、屁股上套着牛仔裤的真假牛仔们，在城市的大街小巷横冲直撞。驯烈马、骑蛮牛、赛篷车……疯狂展示着牛仔昔日的荣耀，在篝火与飞尘中，宣泄豪迈与粗犷。

不过那是盛夏的欢宴，现在滴水成冰的季节，我们还能看到多少牛仔的遗迹呢？在我们的旅程中，有一个极好的安排——赶赴当地牛仔家，在那里住一夜，和牛仔同吃同住，体验真正的牛仔生活。

大雪纷飞，公路被扫雪机清扫出一条通道，两边雪壁夹击。路途遥遥，凝望窗外蛮荒景色，觉得很符合关于牛仔的想象。秀美而井然有序的景色，似和牛仔不和谐。掠过的雪原和直刺云天的树干，突然想起下乡插队的同学写来的信中，描绘他们 1968 年冬季，在陕北苍茫黄土高原上颠簸，看到的大致也是如此景色吧。世上的风光，一下了雪，就格外相似。雪是世界上最大的和事佬，掩盖一切差异，只留下幻觉般的类同。

放晴了，露出了蓝天。在加拿大蓝天是正常的，所以人家没有我

们这般大呼小叫的欢欣。临近中午了，选路边小镇上的馆子用餐，吃汉堡包。

进了店，牛仔气息扑面卷来。墙壁粗糙，为粗大原木垒建而成，树皮斑驳蛀眼犹在。由于年代久远，树皮和芯木的接壤之处，已经有了些许的柔滑，不再壁垒分明。生锈的巨大铁钉上，坠着形形色色磨损的马鞍，马鞭带着力度和呼啸余音，不甘心地蜷曲在墙上，兀自乱颤。两边翘卷的牛仔帽，一排排整齐地悬挂着，散发着牛仔热腾腾的汗气……猛然恍惚生出错觉，时光倒退一百年，一伙烟熏火燎的牛仔刚刚醉醺醺地散去。

店里客人不多，多是步履蹒跚的老翁老媪。老爷子半睁着浑浊双眸，吸溜一口咖啡瞄一眼报纸，真正的目的是在等待午餐。他们对临时闯入的外乡人，没有一点儿好奇，灰白的眼睫毛眨也不眨。不知他们是不是当年真正的牛仔，血雨腥风过后，一切都已淡然？还是实在老迈得和世界已经脱节，淡然疏远？

几位老太太稍微活泛一点儿，一两声孩子的欢笑会让她们脸上短暂地露出无牙的牙床，回想起自己初为祖母的年代吧。门被推开，又来了一老媪，穿粗大毛线织就的蓝白及膝松垮毛衣，颤巍巍地坐下后，并不点餐，径直进入了安静的等待。我悄声问脸膛儿红润的服务生说，

这老人家不吃饭，来做什么呢？

服务生满脸雀斑。这种长相的人一般爱好说话。他眼睛并不瞅老人，好像在说别人的事。她当然会吃饭的。

我说，可是她什么也没有点啊。

雀斑小伙说，她不用点餐。在过去 40 年里，她每天中午总是同样的食谱。

他并不压低声音，吃准了那老人家分明已听不见。

我为 40 年如一日的咀嚼吃惊，不单是口味，而是这期间她就从来没有离开过吗？

我说，总吃同样的食品，她不嫌腻吗？

雀斑小伙快人快语。之前太久远的事我不敢说，起码从我到这里，她从未离开过小镇。我们的汉堡包是全加拿大最好吃的，没有人会腻！

汉堡包夹的是顶级牛肉，调料也是秘制，常常有人驱车几百公里，只为一尝佳肴。我因为不吃牛肉，点了素汉堡，无法汇报正宗汉堡的美味。汉堡坯子出奇地大且厚，壮汉吃一个也会八分饱。

太阳西斜的时辰，总算到了旷野中牛仔的家。

我说夕阳西下，万不要以为已经是傍晚，其实只是午后 3 点钟。但太阳的确是歪斜了，这里地处北半球的高纬度地段，已是一年当中

日照最短的季节，太阳马上要落山了。

首先晤见的非牛仔本人，而是三条狂吠不止的狗。我虽不是胆小的女人，但这几条身形庞大、体格健壮、油光发亮的巨型犬只，没有丝毫宠物的媚态，而是斗志昂扬欢蹦乱跳的斗士，搅起的雪雾铺天盖地，令人强烈不安。好在牛仔本人旋即闪亮登场，自我介绍叫比尔。老比尔符合我们对牛仔的所有想象，简直就像刚从西部电影中走出来的侠客。他瘦削高大，浑身没有一丝赘肉。脸被猛烈的罡风吹成紫红，胡须冷冷地撇在凹陷并布满血丝的双颊上，不苟言笑。皮裤上的破洞呈狭长点状不规则分布，护腿的皮套裤皮穗零落不齐，简直可算衣衫褴褛。标志性的牛仔帽稍有一点儿歪斜地扣在头顶，纷乱白发在其檐下杂乱分披。过分凸起的眉弓下，眉毛显出轻微红色，好似刚刚溅上了一滴血，人血兽血看不清，总之被不经意抹去了。

比尔有几栋相隔的木屋供客人居住。登记住宿的小屋墙角处，是一只龇牙咧嘴的雪豹标本。工作人员问清人数后，让大家分性别而居。我和A、B两位姑娘，蹚过没膝的积雪，走进了雪原中的小房子，刚一推门就被惊骇住了。厚厚木板围起的房间里，等待我们的除了熊熊炉火的温暖，还有满屋子动物尸体。

我这么说对老比尔的精心设计有所不公。准确地讲，动物尸体其

实是动物标本，是牛仔特意布置的狩猎场景。木梁上、木壁上、走廊中、天花板角落……举凡所有能够悬挂物品的地方，都被栩栩如生的鹿头和熊皮、狼皮占满了，如同动物无所不在的丛林。我惊恐站定，不由自主数了一下，共有 28 个动物标本居高临下地俯瞰着我们。特别是鹿头。它们并不仅仅被砍截下头部，而是剁下来了半个鹿身。钉到墙上后，鹿躯的头和角，以挣扎的姿态奋力探向室内空间，凸出来足足有一米半长，凌驾于宿客头颅之上，呈泰山压顶之势。平心静气地讲，这些动物标本制作极为精良，尤其是眼睛，不知用的何等高科技材料，晶莹剔透熠熠闪光，简直比动物们活着的时候还要清朗润洁。这一技术的成功应用，使得被杀死的动物宛若生前，好像你也是它们的同类，它们安宁得简直就是充满情感地注视着你，更让人彻骨寒凉。

像我等属于狩猎传统薄弱的民族之后人，在动物目不转睛的凝视中，呼吸陡然变得不畅。

壮着胆子放下行李，赶紧出门再次与老牛仔碰头。他领着我们乘坐马拉雪车，周游牧场。马是好马，但雪车极为简陋，车厢就是一块木板，没有座位，也没有围挡，一如舢板。马刚一抬腿，人已前仰后合。

马开始奔跑，我东倒西歪，情急中只得揪住屹立车头的老牛仔衣襟。比尔双脚犹如章鱼吸盘嘬在木板上，柱子一般稳定。他指给我一个绿

色的小箱子，示意我坐在上面。重心放低了就稳当很多，我这才有余力看周围景色。

天哪，震慑人心的美！夕阳将最后的光芒倾泻雪原，如撒下万千金粉，大地出现奇诡金色。脱尽了叶子但还保持着枝杈完整的树木，看上去几乎是澄蓝色。更远处，植物铅黑色的精细轮廓，矗立在山峦的背景上，如同铮铮铁艺。空气冷冽鲜畅，洗涤肺腑。三条狗在雪地上撒欢儿，相互争斗，洁白的雪花踢到半空成为迷蒙雪雾……狗儿跑得热渴，用舌头舔舐积雪，得意非凡地吠叫着，顺便逼视着我们，威风凛凛地宣示谁是这里真正的主人。

面无表情的牛仔比尔用口哨向旷野呼啸，马蹄嗒嗒马群应声而来。老牛仔停了马车，把我刚才当板凳坐过的小绿箱打开，掏出箱内物品向马群抛撒。马匹欢乐地围着他的手臂绕着圈，看得出它们对小绿箱的内容物颇有好感。

我问比尔，这是什么？

比尔说，盐和矿物质。

我说，这里的草不是很丰美吗？

比尔说，再丰美的草还是会缺一些东西。有了这些营养，马儿会活得更好。

我说，看得出您非常喜欢马。

比尔难得地微笑了，说，我本来是可以到城里去的，可是我离不开它们。

我说，所有的马你都认识?

他有些不满地瞋了我一眼，这个问题，挑战了牛仔的尊严。他说，当然，每一匹。

我只好马上想出令他喜悦的问题，以驱散他的不快。我说，那您一定有最喜欢的一匹马了?

他果然开心起来，说，都喜欢，但还是有最喜欢的。我叫它过来见你。

老比尔连续吹起口哨，很多匹马围拢过来。他指着一匹毛色黑红相间、看起来并不是特别高大的马说，喏，就是它。

马通人性，亲昵地凑近比尔，任他抚摸。

马群五颜六色，每一匹都油光水滑，昂首挺胸。我看不出这马到底好在哪里。老比尔看出我的疑惑，说，它要下小马驹了，那个马驹将非常棒……

我说，我可以摸一摸它吗?

比尔说，当然可以。它脾气很好的。

果然，黑红马友善地看着我，好像已经认识了百年。它的皮毛有

一点点濡湿，在冰冷的空气里，毛皮下的滚滚脉律令人感动。估计是它刚才听到口哨后，赶过来太猛了。

告别了这匹马，简易马车又开始奔跑，人仰马不翻地绕着农场奔驰。直到这时，我们还没有见到农场的老板，心想吃晚饭的时候，他总该露面吧。

在通往餐厅的路上，老比尔得意地领着我们参观周围的房舍。通往仓库的路上有一座土色的柴火山，轮廓四仰八叉，很不周正。走得近了，才发现组成山体的并非树杈，而是堆积的鹿角。每套鹿角都有一米多长，枝枝杈杈架叠着，最保守的估计也有上千副吧。

进了仓库，以为里面储存柴米酱醋盐什么的，毕竟这里人迹罕至。不想两层楼的硕大空间里，摆满了各种动物的头颅，还有皮毛和骨骼。我们脚下穿的拖鞋是兽皮缝制的，挂衣帽的架子是用巨大的鹿角制成的。桌子上的灯罩也是兽皮裁制的。

老比尔颇为自豪地说，这里所有的设计，连同所有房子，都是他自己完成并亲手建造起来的。

直到此刻我们才确切地判定——老比尔就是这座山野王国的国王。他介绍说，农场有 4000 英亩大。我快速地心算了一下，1 英亩大致等于 6 亩地，老比尔有 24000 亩地，约合中国一个乡的土地了。他有牛

马各数百匹，还租了数倍于自有山林的国有土地，地域辽阔。他是主人，也是工人。他是农场主，也是捕猎手。

那这些……都是你猎获的吗？我战战兢兢地问，不敢用手指点那些动物的残骸。

是啊。他很随意地回答。就像你指着一个麦秸垛，问老农——这些麦子都是你种的吗？

可是，动物并不是麦子啊。

餐厅里最温暖的部分是壁炉，升腾着火苗。是真正由木头拱起的火焰，而不是我们在国内常常看到的红绸子或激光拂动的假火焰。我们吃了一顿丰盛的晚餐，不过只要是肉类端上来，我就不敢动筷子。瞟见俯视着我们的兽首，似在若有所思。

饭后，比尔坐在壁炉边的旧皮椅里，看来那是他的习惯位置。旁边有一架钢琴。他做了一个邀请的姿势。屋内的人形成了微妙的两派，一方是牛仔，一方是外乡人的我们。客人们很希望能以实际行动向主人表示谢意，在自愿报名的基础上，我方出动两员大将弹钢琴。

老比尔微微侧着身体，倾听客人们的演奏。先是女孩上场，当然要先谦虚一番，说是很久没练习了，不一定熟练。人们耐心地等她说完了开场白，进入实质性的演奏。她弹的是“致爱丽丝”，的确是不

马

熟练，属练习曲水平。然后是我方的男生出场，我们对他寄予了希望，哦，简直可以说是厚望。男孩子的手指一开始翻飞，人们就愣了。因为他的曲目也是“致爱丽丝”。

换一个吧。我们呼吁。

男孩子抱歉地说，我只会这一个。

明白了，他们都只会很有限的练习曲，浅尝辄止。

对于我们想表达的谢意，老比尔照单全收了。他很认真地听着磕磕绊绊的练习曲，在曲终的时候奋力鼓掌，夸他们弹得不错。我们一时不知道说什么好，平心而论，演奏乏善可陈。短暂的静默之后，老牛仔慢慢起身，踱到了钢琴旁，当我们刚刚意识到老牛仔也要献上一曲的时候，他粗糙的十指已经在琴键上辗转腾挪。一段极具美国西部风情的曲子骤然响起，手法纯熟，节奏飞快，表情淡定暗地里又激情澎湃……我方所有的人都傻了，半张着嘴，除了激赏，就是为刚才的班门弄斧羞愧。

老比尔看来很受用，证据就是他越发活泼起来，又开始表演手风琴……脸上洋溢着为打破了外人以为牛仔都是大老粗的成见而自喜的笑容。或许在冬季，难得有人到偏远的庄园来，他有点儿人来疯了。他一会儿介绍这个，一会儿让我们看那个，献宝似的领着人们参观他

秘密的阁楼。那里有十几支猎枪，火药味甚浓。这些枪可不是展品，而是真正的武器。每一支都曾子弹出膛。

夜色渐深，身心俱乏。老比尔谈兴正浓。他似乎看出了我们的倦意，抛出撒手锏，你们要不要看看农场夏日的生活？还有我的……妻子？

热爱窥探别人的隐私，是人类的通病。特别是对这样一位神秘的老牛仔，我们迫不及待地想多了解他。于是抖擞精神，异口同声地说，愿意！

一盘盘录像带，将我们领回盛夏。牧场绿得像被泼上了油，广袤到不真实。老比尔纵马驰骋，马群疾跑如风，无比神勇。

这是谁给您录下的？问。

我妻子。都是她拍的。怎么样？很棒吧？她是个艺术家！老牛仔一脸骄傲地说。

话说到这个份儿上，人们当然会注意到他的妻子没在场。她到哪儿去了呢？有好奇者问。老牛仔说，妻子去了城里，照顾女儿。

后来才知道这是他的痛。妻子因病去世，她亲手拍摄的照片和录像带，就成了老比尔刻骨铭心的纪念。

我实在困倦了。老比尔谈兴正浓，在这孤寂的冬夜，有远方来客愿意听他摆古，述说经历和妻子，在他是一种悠长的享受。这样聊下去，

可能会到天亮吧？我真怕自己忍不住睡着了显得失礼。现在告辞呢，看起来有些唐突。两害相权取其轻，我致歉后离开了。

踏吱嘎积雪，蹒跚走回女宿舍。尽管已经做好了充分的思想准备，推门的一瞬，还是被活灵活现的鹿尸们吓得不轻。那两位女生还不曾回来，偌大的房间里，除了我，就是墙上圆睁着的鹿眼狼眼熊眼……

我向壁炉投入木柴，暖意让我胆子膨胀了一些。不敢洗澡，觉得人洗澡时很脆弱，宛如婴儿。如果发生了什么意外，逃跑都来不及。草草洗完脸之后，神志略微清醒了点儿，发现一个很重要的问题。如果不妥善解决，无法入睡。

这间预备给女牛仔的房子，门上没有钥匙没有锁，只有一个钢制的巨大挂钩。我的床在走廊深处，挂上挂钩，万一我睡死了，听不到那两位女子归来，她们就要在雪地中站立很久。不挂挂钩，等于这房间完全不设防。歹人未必有，野兽不可不防。

思忖再三，我决定挂上挂钩。为防自己听不见，让迟归的女伴们受屈，我决定放弃到床上睡觉，只在靠近门扉处沙发上和衣而眠。关了灯，一片黑暗。累是真累了，困是真困了，但四周兽眼凝视，身旁门扉山风拍打，耳朵支棱着倾听女伴何时而归，似睡非睡，极不安稳。也许，最终让我不宁的，是无法在一群北美麋鹿的尸体下入眠。

大约深夜两点半，有人敲门。第一时间翻身跃起，给她开门。是A女孩。

老比尔可真能聊啊。我揉揉眼圈嘟囔了一句。

没有，聊了一会儿，就散了。我们在男生那边又说了会儿话。

哦，B女孩在哪儿？我看看门外的雪地，不见那个女孩的踪影。

她还在那儿聊呢，说先不回来。A女孩答道。

现在，女牛仔房内，有A和我两个人了。我胆战心惊的状态缓解很多。不过，刚才困扰人的问题依然存在。锁不锁门呢？锁了，B女孩回来怎么办？不锁，我们门户大开。

我对A说，你去睡吧。我等她。

A是个善解人意又会照顾人的女孩，说您年纪大了，还是我守在这里吧。

我说，我刚才已经迷糊了一会儿，不大困了。你一点儿都还没睡呢，到里面去安睡吧。

A说，我睡不着。在满是尸体的房间里，会做噩梦的。

我说，并不是你杀了它们。按照此地的法律，这也不是犯罪。对一头北美麋鹿来说，是终老山林还是被更凶猛的野兽吃掉，抑或变成美丽的标本，悬挂在这里供人欣赏和怀念，我们并不知道哪样更好啊。

A 说，您觉得鹿是怎样想的呢？

我说，如果我是鹿，愿意终老山林。

说到这里，我们不由自主地去看窗外。一弯马蹄铁般的月亮悬挂在空中，清透无比，好像能看到月亮背面。银白色的积雪，在月光笼罩下，变成典雅的铁灰色。树干如同妖魅，骨骼清奇铁树银花。有野兽在林间奔突，不知是狐还是獾……为了等 B 女，我们一夜未眠。闲来无事，就不断地向壁炉里投放木柴，最后竟把房间烧得暮春般和暖。储备的木柴烧光了，我们就把原木墩子拿来，用斧头劈裂。这可是个力气加技术的活儿，我们费了九牛二虎之力，也只是将原有的裂缝扩大而已。无奈之下，把整块的木头塞进壁炉，火焰不是燃烧得更猛烈，而是直接熄灭了，我们从盛夏一个跟斗回到了数九隆冬……我们据此开辟了新话题——加拿大的冬天可有人“数九”？

终于盼到了晨鸟鸣叫，万物复苏。

B 女在男生们那里过了夜。说怕黑，不敢回来。两栋房屋，相距百步不到。男生也不绅士地送送女生吗？多谢她的不归，让我在惊心动魄的不安中，得以窥见今生最美的雪夜。

我们就要离开农场了，昨晚聊得欢歌笑语，我以为老牛仔一定要送送我们。阳光下的牛仔退去冷夜的温柔，恢复了坚硬如铁的外壳。

他简单地同我们打了个招呼，继续更换他的马掌，面如深潭头也不抬。以至于我走出了很远，都觉得尚不曾告别，以为他会从马厩赶出来再向我们挥挥手……

然而，没有赶出来，没有挥手，没有微笑，没有告别……老比尔缩回到雪原中的小木屋，缩回到包围他的生死动物王国，缩回到他的回忆和期望中，一如既往地过他的日子。也许，这就是最纯粹的牛仔风度。没有人能改变他们的传统，他们是独立的世界。刻满岁月之痕的脸上什么都没有，坚守着自己的传统至死。

印第安公主

旅行在外，总睡不踏实。半夜醒来，拉开窗帘，猛见漫天银白，雪片席卷。我有一小爱好，常爱在半夜醒来，偷窥一座城市。人像浮沙，白天虚罩在城寰之上。夜用黑黝黝的五指将绝大多数人拂开，露出城市的真容素颜。

自打别离西藏阿里，我已经没有见过这样的大雪了。在加拿大的卡尔加里城，与暴雪相逢。

只是，这里的雪，和当年阿里的雪，可有血缘？藏北高原是世界的制高点，那里的水，蒸腾翩飞，一站站迁徙，这许多年了，走到西

落基山脉

加拿大的雪地

半球的异国，也算不上太快。

凭窗远眺，凄清路灯下，一只小动物在雪地上欢快蹦跃。初起以为是一只兔，仔细看了，才发现是一只野狐。加拿大地广人稀，人和动物谐生共存，在城市中看到动物，比如鹿或熊，都不见怪。此地的垃圾箱配有很复杂的铁盖子，巧设机关，需要费一番手脚才能打开。据说有的干脆上了锁。我刚开始挺奇怪，心想每个倾倒垃圾的人，都怀揣一把钥匙，这也忒烦琐。害怕有人偷垃圾吗？既然你都抛弃的东西，别人看上眼拿走了，还环保和废物利用呢。干吗这么小气！

当地朋友告诉我说，垃圾箱上锁，不是为了防人，是为了防止动物偷吃。

垃圾箱里总会有食物的残渣，漫游城市的动物如果可以轻易得到这些食品，它们就会养成习惯，一天到晚进城晃荡，给城市的居民带来安全上的隐患。再加上丢弃的食物，很多是带有病菌甚至腐败的，会对动物的身体产生不利影响，打断了它们千百万年来养成的食物链，是十分危险的事情。

于是，感佩。

这只雪狐想来格外聪明吧？它也许能找到没有上锁的垃圾箱？或者，它心知肚明某家面包店有一个库房，留有一条小径，可以容它钻

进去饱餐？抑或它只是喜欢城市突然从灰黑变成了银白，愿意在这漫天的保护色中徜徉而毫不担忧？倘若危险靠近，它只要就地一滚，便只剩下浑然一体的银白。

盯窗时间长了，双眼迷蒙。因这雪和狐，再也无眠。

按照原计划，我们今天要到一个被称为“野牛碎颅崖”的地方去参观，距离大约有 200 公里。

北美野牛体形巨大，黑毛纷披，简直是牛魔王的化身。我生性并不胆小，且在西藏看到过野牦牛，对大个头的野生动物，自信有点儿免疫力。但在当地博物馆里看到野牛标本时，还是手脚冰凉。它魁梧凶悍，身躯伟岸，牛眼圆睁，弯角如弓，四蹄圆硕如盆，紧扣大地，每根牛毛都蕴含着倒海翻江的力量，黑暗的毛皮好像能吸收一切光线，如同披着黑色大氅的移动山脉，充满令人恐惧的庄严感。

“野牛碎颅崖”曾是黑脚印第安人的故乡。我当年在马斯洛的书里第一次看到这名称的时候，以为这拨印第安人的脚踝黝黑，得此命名。其实另有一番故事。早年间的某一天，印第安人的族群人口太多了，他们决定把整个部落一分为三。第一批人马走过一片已被烧过的草原，于是脚底板和脚踝都染黑了，从此这一拨人被称黑脚印第安人。第二批人马在野地里采用野莓，把手、口都染红了，所以称血族印第安人。

第三批人马的命名出处我忘了，遗憾。我更喜欢血族这个称呼，充斥悲壮之感。虽然野莓的红和鲜血的红有所不同。

黑脚印第安人主要分布在加拿大的艾伯塔省和美国的蒙大拿州，现共有 3 万余人。他们曾是美洲西北平原上最勇敢、最强大的部落。冬天的时候，他们在河谷分散居住，以熬过酷寒的气候。到了夏天，就会聚集起来，隆重进行太阳祭。

2000 年，我在美国与一位印第安人的心理学女博士聊天。她说，马斯洛的“人的需要层次理论”，正是马斯洛在和印第安人的亲密接触中形成的。犹如达尔文搭乘“小猎犬”号经过加拉帕戈斯群岛，奠定了他关于物种起源的伟大论断。

马斯洛生于 1908 年，因心脏病突发，逝世于 1970 年，仅 62 岁就离开了人间。他是美国著名的哲学家、社会心理学家、人格理论家、比较心理学家，是人本主义心理学的主要创始人。他是对人类产生了重要影响，而且还将产生长久影响的伟大心理学家。他在心理学界的影响，堪比爱因斯坦在物理学上对人类的贡献。

马斯洛和黑脚印第安人的友谊源远流长。起初，他认识了一个名叫“黄苍蝇泰迪”的黑脚印第安人。泰迪五十岁上下，母亲是黑脚印第安人，父亲是中国人。（按照中国人的算法，这个人应该算是中国

'00 10 3
印地安心理学家

人啊。）

泰迪的父亲原本是一名铁路工，铁路修好以后，他在镇上开了一家店，泰迪从小在保留区的边界长大，后来上了加拿大的一所农学院，成为部落议会中受教育程度最高、英语讲得最好的长老。他热爱学习，学识相当渊博，还有一辆自己的车。

令马斯洛钦佩不已的，是他的仁慈和慷慨。

每当有族里的人向他借车，泰迪二话不说，马上就掏出钥匙。身为车主的泰迪不但要付油费、修轮胎，有时候还要到保留区中间救出那些不怎么会开车的人。拥有全部落唯一的车，没有给泰迪招来嫉妒、恶意或敌视，反而为他带来了骄傲、喜悦和满足。族人都很庆幸他有这部车。

马斯洛看到，黑脚印第安部落中的人贫富差距很大。为了正确理解财富和安全感之间的关联，他开始调查哪些人是黑脚印第安部落标准下的有钱人。他先是问保留区的白人干事——谁是当地黑脚印第安人当中最富有的人？白人干事说了一个名字。马斯洛一愣，因为从未听当地黑脚印第安人说起过这个人。白人干事很肯定地说，按照登记表上的记载，这个人名下的牲畜的数量，绝对是全部落最多的。

马斯洛带着疑问向当地黑脚印第安人请教。当提到这个牛马多的

人的名字时，当地人很不屑地说："这个人不跟别人分享，怎么能算是富有的人！"马斯洛恍然大悟，在黑脚印第安人的评判标准中，不跟别人分享的人，无论他的财富数字有多少，都不能算是富有的人。富有并不等同于财富的累计，只有表现慷慨、乐于助人、让族人引以为傲的人，才能获得族人最高的钦佩、尊敬与爱戴，这才是真正的富足。

黑脚印第安人认为只是累积财产，一点儿意义也没有。唯有通过施舍，一个人才能在部落中获得真正的威望和保障。在黑脚印第安人眼中，最富有的人就是施舍最多的人。而且，偶尔一次的施舍并不算数，必须持续不断地为众人付出。马斯洛感叹，他在这群近乎文盲的印第安人身上，看到了具有高度道德情操与利他思想的财富观。

每年的 6 月底，黑脚印第安人太阳祭的日子到了。这是黑脚印第安人一年当中最重要的庆典。人们先把部落里所有的帐篷围成一个大圈圈。有钱人则将许多毛毯、食物以及各式各样的东西高高堆起，一个人去年积攒了多少财产，这时候要尽量把它们堆起来供众人选用。

当祭典进行到某个阶段，有人就会依照黑脚印第安人的习俗，昂首阔步地走上前，开始述说自己的成就。他会很自豪地说："我的成就、我的聪明才智、我成功的事业以及我的富裕，你们都很清楚。"然后，他开始把堆积起来的财产分赠给寡妇、孤儿、盲人和病人。当这个节

日进行到最后，他所有的财产会分送一空，只剩下身上所穿的衣服。

黑脚族人的地位感、尊严和爱的感觉，在这个神圣的场合表现得淋漓尽致。他们终年劳累，省下很多钱，有的人甚至借债，为的就是在祭祀的庆典上施舍。那些拿出东西最多的人，在庆典过后很可能变得身无分文，但会受到整个部落的尊重。他“被定义为一个非常富有的人，他得到每个人的尊敬和爱，因而受益”。马斯洛因此震惊不已。

《纽约时报》曾这样评价马斯洛：“马斯洛心理学是人类了解自己过程中的一块里程碑。……正是由于马斯洛的存在，做人才被看成一件有希望的好事情。在这个纷乱动荡的世界里，他看到了光明与前途，他把这一切与我们一起分享。”

在没有读到马斯洛的人本主义心理学理论之前，我基本上是一个悲观主义者。我觉得做人是一件不好的事情，充满了苦难和未知。我并不多愁善感，但觉得这个世界无可救药。在学习了马斯洛的理论之后，我决定把人生过得丰富多彩，乐观地抵达终极。

让我们回到野牛碎颅崖吧。落基山脉深处连绵的山地，是印第安人祖祖辈辈聚集、繁衍的家园。为了维持生存，必须猎杀野牛。牛肉可以充饥，牛皮可以做成帐篷及衣服，牛粪可以生火取暖，牛的腱、骨和角可以制成工具。北美野牛是牛科动物中最大的成员，体重可达

一吨。这个庞然大物可不是随意就能晾成肉干的。如何猎捕呢？黑脚印第安人发明出一种聪明的狩猎方法，让野牛跳崖。据说这种剿灭野牛的方法，相袭应用了5500年。所以野牛跳崖并不仅指某一处，在北美大地上有很多处。加拿大艾伯塔省的这一处，崖长305米，是世界上历史最久、面积最大和保留最好的野牛跳崖处。

人们看到“野牛碎颅崖”这个名字，常常以为指的是野牛从高崖坠下后，颅骨摔碎了。其实真实情况是——粉身碎骨的不是野牛，而是一位印第安少年。他血气方刚，为了展示超人的勇敢，当野牛群奔驰咆哮而来时，他独自跑到崖下，想第一时间收获野牛战利品。不料他靠得太近了，被坠落下来的野牛砸在头骨上，结束了年轻的生命。黑脚印第安人为了纪念他的“英勇”，将本地叫作了“野牛碎颅崖”。

我无法考证这个故事的真伪，但心中久未平静。

不要把野牛碎颅崖想象成万丈深渊，那是观光者的一厢情愿，其实万丈深渊并不适合真正俘获猎物。想想看，如果野牛死在深不见底的峡谷里，下一步如何操作？野牛的尸体要进行分割处理，大块的肉被储存盐浸，牛皮和牛骨则分别制成衣服和劳动用具，这些都需要迅速处置，时间长了就会腐败。所以，山不在高，能摔死野牛即可。野牛碎颅崖的最高点离谷底仅12米，只有3～4层楼高。在方圆1公里

的范围内，星星点点地散布着贮肉窖和灶坑遗迹，当年印第安人在此加工野牛肉，据说用古法制作的肉干可保存几年不坏。

从1938年开始，美国自然历史博物馆对这里进行了深入发掘。工作一直进行了九年，他们从四周地形地貌入手，复原了当年印第安人的活动画面。

工作是卓有成效的，让今天的人们得以进入古代印第安人的思维，明白了为什么这里成为野牛的坟场。野牛碎颅崖的西部，有方圆40平方公里的积水沼泽盆地，生长着茂密青草，也有丰富的水源，是野牛上好的栖息地。从春到夏，从夏到秋，绿草如茵，为野牛提供足够的营养大餐。然后是长达14公里由绵延不断的石块堆成的巷道，它直通向碎颅崖，成为野牛死亡前的序曲。印第安人集结狩猎时，先派出机灵的年轻人，学走失的小牛不停嘶叫，凄厉不已。野牛听到后，就会一步步跟随着叫声来寻找小牛。牛群被引到了死亡之路入口处。这时候，预先埋伏好的大队人马突然出现在牛群后面，挥动长巾，大声叫喊，恐吓野牛。牛群受惊，一路向前奔跑。驱赶越来越猛，奔跑越来越急。四蹄奔腾中，野牛跑至悬崖前，巨大的惯性让野牛收不住腿，画一条弧线，坠下崖底粉身碎骨。

5500年的追赶，5500年的杀戮，总算要告一段落了。印第安人为

了生存，对野牛的猎杀只是生活必需的一部分。野牛真正的苦难，来自西方人进入北美之后。他们酷爱打猎，酷爱征服，对野牛进行了大规模的屠戮。北美野牛在加拿大一度濒临灭绝。野牛碎颅崖于 1981 年被联合国列入《世界遗产名录》，环保加强，北美野牛的数量逐渐增加，种群得到恢复。

突然发生了一件奇怪的事情。工作人员在对“野牛碎颅崖”进行例行检查时，突然发现悬崖下出现了一具野牛的尸体。人们惊诧莫名，几十年没有野牛在这里跳下了，这头野牛为什么坠落山崖？好在只有一头牛死亡，人们把它解释为意外。2002 年，连续发现了三头野牛离奇死亡，尸体有被狼、狐、熊啃食的痕迹。管理人员立刻紧张起来，先是怀疑有人盗猎抑或有人故事听多了，开始模仿印第安人重复古老而残酷的游戏。调动警力，监视“野牛碎颅崖”的动态，结果显示并没有可疑的人搞恶作剧。事情远没有完结。2003 年至 2004 年，又有几头野牛坠下悬崖死亡，人们不得不怀疑是否野牛有自杀情结？如果不是自杀，那么是谁杀害了强大的北美野牛？

百思不得其解，管理人员只好启用现代化的监控手段，在“野牛碎颅崖”附近，安装了多处监视摄像装置。2005 年 2 月，野牛坠崖之谜终于解开。一群北美狼模仿当年的印第安人，将一头野牛驱赶到了

石头巷道内。古老的石头巷道虽然残破，但并没有失去实用功能。野牛在巷道内左右冲撞，见缺口就钻，方位感变得混乱。野牛奔跑时是低头向前，它冲上悬崖，想“刹车”已经来不及，一个趔趄就栽了下去。看见野牛栽下去了，狼群迅速下到谷底，饕餮分食。

看罢摄像画面，管理人员大吃一惊，没想到这古老的遗迹竟然能被狼群利用，继续猎杀野牛。对此事的分析，动物专家分成了两派。一派认为，北美狼是印第安人利用“野牛碎颅崖”猎杀野牛的观众和既得利益者。多少年来，它们不断观望这个过程并也分得残羹剩骨。狼是很聪明的，印第安人数千年的演示，让它们“看懂”并铭记了这里的奥妙。北美狼学习到了这个方法，多少年来一直都在利用“野牛碎颅崖”猎杀野牛，只不过数量少而被人们忽视。另一派动物学家认为，北美狼是偶然为之，野牛数量增多了，狼在追逐野牛时将野牛逼上“野牛碎颅崖”，是瞎猫碰上了死耗子，不要想得那么复杂。

不管怎么说，现在基本认为这现象还属于狼的正常猎杀范畴，几头野牛坠崖不足以对野牛种群构成威胁，不必关闭“野牛碎颅崖”。不过，专家也表示，将密切注视北美狼的动向。一旦它们太猖狂了，坠崖的野牛数量达到警戒线，就要采取措施了。所以，如果你想看到这个独特的景观，还得早点儿去艾伯塔。

对野牛了解得越多，就越对黑脚印第安人的命运充满关切。

我将会见一位印第安公主。

说她是公主，不是因为她出生于显赫的印第安人酋长世家。印第安人崇尚平等，没有世袭的称号。她的父母都是普通的印第安原住民，家在印第安保留地。不过，她走出了保留地，上了大学，被选为当地的旅游公主。

漫天大雪中，我们见了面。

她盛装而来，身着印第安人的传统服饰。一件红上衣，下着兽皮绲边的长裙，颈戴白、黑、绿、黄珠子穿成的项链，项链上还系有各色银质的饰片，叮当作响。头上缀五彩缤纷的羽毛，摇曳生风。红褐色的皮肤，浓眉大眼，秀发过肩，目光灵动。

她很年轻，只有 20 岁。虽然当选了旅游公主，按说见过不少场合，但仍有一点点紧张。我想让她放松一点儿，就说，你的衣服非常漂亮啊，走到街上，是不是很多人看你啊？

她高兴起来，说，每当我穿上民族的服装，就会很有自豪感。

我说，你的衣服上有这么多飞禽走兽，我想一定有很多含义。

她说，是啊。不同的部落服饰上有细微的差别。别人看不出来，我们自己知道。我们崇尚自然，比如会画上或缝上鱼、羚羊、梅花鹿

的样子……

她用了“缝上”这个词，准确传神。印第安人喜欢粗犷，看惯了我们在丝绸上精雕细刻的绣活儿，乍一看这种风格，感觉煞是粗糙。不过，谁规定这个世界上只有精致是美，大刀阔斧就不是美了呢？

印第安公主继续讲解着她的衣服。这一身行头，简直就是印第安文化的博物馆。

她说，十字形花纹是为了辟邪。人形的图案代表强壮和美丽。贝壳代表大海，宝石代表高山……

我说，你常回印第安人的保留地吗？

她说，我小的时候一直在那里生活，现在也经常回去。不过，我觉得印第安人要有新的发展，所以我就到城里来上大学了。

我说，你学的是什么专业呢？

她说，我学的是经济和贸易。我觉得这对印第安人走出来特别重要。

我说，你是印第安女孩子的榜样。

盛装的印第安公主坐在我面前，我觉得好像在和中国的一位少数民族的姑娘聊天。她的眉眼和举止，都让我们之间有一种天然的亲近。

我说，你觉得咱们长得是不是有点儿像？

她一下子活泼起来，笑着说，真的有相似的地方。

我说，你到过中国吗？

她说，没有。但是，我想以后会有机会去的。

说到这里，她露出很神往的表情，说她奶奶到过中国。

我说，哦，那你奶奶对中国是怎样评价的？

她说，我奶奶说，在非常遥远的地方，有很多很多和我们长得很像的人。你以后一定要到那里去看看啊。

我的眼眶一下子湿润起来。印第安人是蒙古人种，他们迁徙到北美大陆，经历了那么多磨难，从驰骋山川大地的原住民，到压缩一隅的保留地土著，有着太多的辛酸和忧患。长久地沉浸在感伤和愤慨中，也许并不是最好的选择。这个印第安公主，既铭记自己民族的历史，也敞开襟怀去拥抱新的生活，才会在传承中注入新鲜的活力。

每当写到印第安人，我的心中总会壅塞很多忧伤。这个古老的民族，和我们不但有着血缘上的近似，在命运上也有一种前车之鉴的警醒。如果我们不是和欧美的殖民者距离很远，如果不是我们的民族人口众多幅员辽阔，如果不是风起云涌的革命和无数志士仁人的牺牲，我们真有可能复蹈印第安人的历史悲剧。

印第安公主，我衷心地祝福你幸福。祝福你能在不远的将来的某一天，到中国来看一看。在这块曾和北美大陆一样富饶美丽的土地上，

中华民族依然是这块土地的主人，说着我们自己的语言，用着我们自己的文字，发扬着我们自己的文化。这个世界原本就如此多元，为什么要用一种文化征服另外一种文化？为什么要把这世界上的文化分成三六九等？

我是一个彻底热爱中华文化的人，为它曾经的辉煌和后来的衰微以及期冀中的崛起。

我的异类笔筒

那是我第一次去美国。

连续吃了十几天西餐之后，终于忍无可忍。我对小绒说，胃要武装起义了。我强烈要求今天中午吃到中餐。舌头呼唤宫保鸡丁或饺子。

小绒说，饺子要什么馅儿的？

我回答，只要是饺子的形状，什么馅儿都行，不拘一格。

小绒是我这次在美国旅行的随员，是个美国通。此刻，我们正在美国的新墨西哥州转悠。

小绒长叹一口气，说，你以为这是旧金山或是纽约啊？中餐馆遍

地开花啊?

因为熟了，彼此说话没有顾忌，反倒显得格外亲密。

我说，不是说到处都有华人吗，不是说只要有华人的地方就有中餐馆吗？难道偌大的城市，就找不到一个能吃中国饭的地方?

看着小绒为难的样子，我于心不忍，打个回旋：当然了，我也是经过艰苦锻炼的人，适应性也很强。实在找不到，就算了吧。

小绒想了半天后说，如果没有特别地道的中国饭，你觉得东南亚餐如何?

我快速估算了一下中国和东南亚的距离，想到从北京到纽约要跨越重洋，记起了远亲不如近邻的古训，觉得饮食上也要掌握这个原则。说，可以。只是咖喱味别太重。

午饭时光，小绒带着我进入了一家门口有很多扑克牌雕塑的建筑。

那些雕塑制作精良，很有特点。我挤在“老 K”面前，照了一张相。心想，当年在寂寞阿里，有时候会和伙伴们玩“争上游”，那时候若能拿到威风凛凛的老 K，取胜就多了保障。

走进大门，光怪陆离的灯光和琐碎轻快的音乐，像热水一样包绕过来。我仍然没察觉这到底是什么地方。说，这餐馆够大的，就是杂乱了点儿。

小绒说，毕老师真的不认识这地方吗？

我说，是啊。我以前从来没有来过这里。

小绒说，毕老师就算是没有来过这里，也应该到过类似的地方呀。

我急忙声明，我见识有限，真是没来过类似的地方。

小绒是美国官方派来的人员，总算相信了我，说，这是赌场。中国人到美国来，基本上都要到赌场逛一逛的，不想毕老师真没来过。

我奇怪道，咱们不是说吃饭吗，怎么到了赌场？

小绒说，你有所不知。这赌场有个特别兴旺的自助餐厅，什么口味的饭菜都有。专门招募来了世界各地的好厨子，都做得一手好饭菜。无论什么人都能找到适合的口味，套用一句中国人的广告词，吃过的人都说好。

我说，如果不赌，光是吃饭，人家会不会嫌咱？

小绒说，不会。一来，这餐厅和赌场并不紧挨着，你究竟赌不赌，餐厅的人并不知道。二来，就算你进来的时候不想赌，只是为了吃饭，谁能保证你吃饱了就不赌呢？人家大手笔，不会盯着你，想得开。

我这才安心开始吃饭。时间的确是有点儿早，就餐的人不多。饭菜供应的形态类似自助餐，种类繁多到令人惊骇。比如炒菜吧，一溜排开，大约有 100 种以上。不知道国内有没有这种大规模的自助餐台，

反正我见识短，开了眼界。我一边寻找鱼香肉丝，一边低声问小绒，赌场干吗在餐饮上这么下功夫？

小绒一边挑拣着她爱吃的东西往盘里盛，一边说，这很好理解。赌徒是 24 小时连轴转，饿了填饱肚子再战。如果到外头找个餐馆吃饭，一来二去的，脑子被冷风吹清醒了，可能就不回来赌了。现在这般吃赌一体化，有利于吃饱后再接再厉地赌。对于赌场来说，不怕你赢钱，就怕你不来。所以，他们在开设大规模赌场的同时，会配备非常好的餐饮，口味多样还很便宜。

的确，这一餐饭敞开来吃，只要 10 美元。

吃饱了，我们走出该建筑。透过敞开的大门，已看到红桃老 K 的卷曲胡髭，不料天空暗起，瓢泼大雨袭来。

小绒说，现在雨太大了，咱们没带雨具，只能等雨小些再走。看来，老天存心要留咱们赌一会儿。

我说，好啊。

小绒说，那我就去赌。可您在一边干等着，我也不落忍啊。

为了让小绒能安心玩，我说，那我就四周转转，小赌怡情大赌伤身。等雨停了，咱们就走。小绒说，放心吧，我知道分寸。可是您玩什么呢？

我说，以我的水平，只能玩老虎机。

老虎机处很萧条，周围墙上贴着图，都是老虎机如火如荼地往外吐银角子的照片，银币在地上堆得小山一般，旁边立着东倒西歪的赌徒，高兴得站不稳。图片下方注明这个奇迹发生的时间，精确到某年某月某日某时某分钟某一秒，颇有铁证如山之意。

我说，这些都是真的吗？

小绒说，是真的。这上面有名有姓有头有脸的，不能造假。在美国，造假是重罪。

我说，不知道我今天的运气如何？

小绒说，您最近情场上如何？

我说，老夫老妻，根本没有情场。

小绒说，那您就有希望了。咱们兵分两路，我上别处去，一会儿我到老虎机这儿找您。

玩老虎机，在赌场上是被人鄙视的，我不知该怎么办。有一个面色沉郁棕色皮肤的老头儿，见我不知所措，走过来，告知我应该如何操作。我换了筹码，用一个塑料小桶装着不多的筹码，随意选了一台机器，一个个塞筹码，很快就输掉了小桶中的一半筹码。我觉得这个机器风水不灵，就换了一台。幻想着塞进一个就能哗啦啦落下一堆的情形，但毫无悬念地绝望。我只好重打鼓另开张，又换了一台机器，

老虎机还是阴险地沉默着。就这样，在见异思迁的奔波中，我的小桶很快就见底儿了。

老头儿走过来叹息着说，你是一个新手。

我四下张望，每一台老虎机都坚固稳定地安坐在那里，完全没有人看管。机器自动运行着程序，躲在看不到的暗处，兴高采烈地吞噬着你的财富。我张望四周说，是啊。如果不是下雨，我根本就不会来玩这个。不知现在雨停了没有？

老头说，别找啦！赌场都是没窗户的，不让赌徒们知道时间，他们才能不断地赌下去。你听到这音乐了吗？多么令人躁动不安！你看到这周围的灯光了吗？多么令人眼花缭乱！靠机器来决定你的运气，这太没有技术含量了。你不能对自己的金钱这样不负责任！机器不能化解你的悲哀，而所有到赌场的人，都是有自己的悲哀的。这种悲哀，是要在人和人的对赌中才能获得解脱。可是，机器是不懂这些的！

我搞不清这老人是什么来历。他穿着破旧的衣服，不整洁，又肆无忌惮地说赌场的坏话，看来不像赌场的工作人员。

我决定不再换新的筹码，的确，不能让我的钱财就这么不明不白地消失在无动于衷的机器里。我决定去找小绒。一圈绕过来，看到她正在赌 21 点。我一叫，她就不玩了，说工作第一，按照原定计划，咱

们下午有一个访问。

我问她，输了赢了？

她说，赢了一点儿，大约 40 美元。我说，不错啊。她又关切地问我，你如何？

我说，输了一小点儿。不过，我遇到了一个奇怪的人。

小绒说，什么奇怪的人？这里的人，只有两种。一种是职业赌徒，赌博成了他们唯一的兴奋点。还有一种就是咱们这种偶尔来碰碰运气的人。不会有别的人在这里出没了。

我说，估计是个碰运气的人。因为我没有看到他赌个不停，云淡风轻袖手旁观的样子。

小绒说，听您这样一讲，我倒有点儿好奇。走，去看看这是个什么人。

我们朝老虎机的区域走过去。我很担心老人不在了，刚才的遭遇变得像是一个梦。

还好，那老人还在。不动声色地盯着我们，若有所思。

小绒看了一眼，低声说，咱们走吧。我知道他是干什么的了。

走得稍远，我迫不及待地问，他到底是什么人？

小绒说，他是一个职业赌徒。

我说，看他并没有赌啊。从刚才到现在，已经半个多小时了，他

根本就没有赌。而且，他对赌场的认识非常清楚。

小绒说，他的币桶中只有很少的筹码。他一定要把它们都花在刀刃上。

我看着大智若愚的老虎机说，赌场的刀刃在哪里呢？

小绒说，这种人每天都会守在这里，等着别的人来玩老虎机。大多数人都是随便耍一下就走，落下两个币最好，没落下也无人计较。他每天都在这里观察，看哪台机器很久没有落下大宗的筹码了。你知道，机器的设计都是有概率的，在很长时间的蛰伏之后，就应该有一次激动的爆发。他每天都会来，这些老虎机就像他养的一群家猪。哪一头肥了该出栏了，他心里有数。估计寂静的时间足够长了，火候差不多了，他就会用自己的筹码去顶那台机器，收获大批筹码的概率就会比较高。

我半信半疑道，你认识他？

小绒摇头说，我不认识他。

我说，那你何以如此肯定？

小绒说，我能看出他是一个印第安人。你知道，印第安人是没有多少谋生手段的，所以他就创造出了这种方式。他清楚这里的一切奥秘，他用这法子维持生计。

小绒对美国社会非常了解，人又极为聪慧，不得不服。

那一天，走出赌场的时候，小绒用她的筹码换回美元。柜台上有很多摞在一起的筹码桶。

小绒拍着小桶说，拿一个走吧，做个纪念。

我说，装过那么多赌徒幻想破灭的小桶子，带回家中，是不祥之物。

小绒说，嗨，想不到您还有洁癖。那我跟他们要一个新的。

果然，赌场的管理者给了小绒一个新的筹码桶，小绒转手送我。她说，筹码都是金属的，很沉，装筹码的小桶子，强度须过硬。赌徒输了，有时会把仇恨发泄到小桶子上，摔啊砸的，所以小桶的质量您尽可放心。留着做个笔筒吧，大小正合适。

我还是不大想要，觉得这东西没啥意思。小绒说了一句话，让我改变了主意。我收下了装筹码的赌场小桶。

小绒说，这是印第安人开的赌场。他们一点儿也不喜欢开赌场，但由于生活所迫，不得不以此为生。他们认为美国联邦政府特别允许让他们开设赌场，是用这种方式让自己这个民族越来越游手好闲，不劳而获，让年轻人丧失理想沉迷于赌博和放荡。所以，他们一直努力要关闭赌场。将来你再来这里，也许就看不到这家赌场了，留个纪念吧。”

就这样，这个由赌场的筹码桶改头换面的笔筒，至今已经14年了，还站在我的电脑桌上。它本应装着沉甸甸金属筹码的肚子里，斜插着

几支签字笔，还有尺子和剪刀之类的小文具。我不知道它还会在这里站多久，只要它的质量还能坚守这份工作，我就会一直保存它。

只是不知道那家印第安人开设的赌场，是否还在？

小绒对我说过，他们是黑脚印第安人。

沙漠中的新娘

决定去叙利亚，片刻间。

写作间隙休息，开始打扫卫生。身体厌烦了一种固定姿势的操作，换一种方式来活跃肌肉。提着污水桶，开始劳作。为了干活儿不寂寞，打开了电视机。

背对着电视挥舞着拖把，电视机里的一个优美女声说“……沙漠新娘……”

我下意识地回过头，以为能看到妖媚异国女子，却是大漠苍茫，黄沙漫地，断壁残垣。罗马柱的断头剪影钢铁般刺向天穹，呼啸狂风

一旁伴奏。

这景象刺中了我。只是不知废墟在哪里。

下巴颏儿拄着拖把头，静静地且听下文，终于晓得了是叙利亚的巴尔米拉。

那一刻，我听到决定铿锵落地——到叙利亚去。

找旅行社，报名。工作人员说，我们这里没有现成的出团资料。这是个冷门所在。您既然有这个意愿，我们开始招募团员。具体出团时间没法定，也许很快。如果招不到人，您就不能出发。如果一直招不到人，这个团只能取消。

于是我每天工作以外，多了一个心中的呼唤。愿这个世上多几个对叙利亚有兴趣的旅行者吧！愿他们在这个时间段，萌发去那里转转的想法吧！愿他们不仅是想想，而是马上付诸行动快快报名吧。

终于有一天，旅行社说，全国各地凑起了七个人（算上我）。我还没来得及高兴，人家接着说，因为不够优惠机票的最低人数，所以原定的团费要涨价。

我的预算捉襟见肘，因此对涨价既敏感又深恶痛绝。我说，如果继续等等呢？

工作人员说，继续等，可能有两个结果。第一个是，您这个团凑

到了十五个人，这样就能维持原价，皆大欢喜。第二个呢，就是越等人越少，有可能连这七个人都等没了，您的愿望彻底落空。

我立马表示屈服。说，接受涨价和马上出发。

工作人员说，还有一点要提醒您，这个团人数太少，我们不派领队，把你们送到机场就完成任务了。一路上你们自己照料自己，无论出了什么事，都要独立沉着冷静地处理。

我说，合着你们把我们送上飞机就不管了？

工作人员说，纠正您一下，不是送上飞机，这不是专机，没有人能送到飞机口。我们就在首都机场给你们发护照，剩下的全靠你们自力更生。

我担忧，万一出了什么意外，咋办？

工作人员说，你们可以给我们打电话。不过要在上班时间，请算好时差。如果我们下班了，就只有第二天上班后再处理。

我本来还想问问他的手机号码，以防万一。一听这口气，没敢提此非分之想。

我属于乡下妇女类型，每次出门，忧心忡忡定会早到。这一次，抵达首都机场实在太早，离规定的集合时间还有整整两小时。在接头地点，我怅然站立，没有一个人前来搭话。我琢磨着不能一直站在这

里傻等啊，就到不远处的围栏上半欠着身休息，像等候接头的地下党。假装面无表情，其实眼光机敏地扫射着在集合区几十米范围内出现的可疑人等。

半小时内，无论我怎样目光炯炯，还是形单影只，唯一的收获是眼皮发酸。我思忖，就算有团友来，老远就会看到集合标志下空无一人，人家也可能并不靠近，只是就近歇息。对了，改变策略，时不时地到集合地点站桩。虽说看起来有点儿蠢，但很可能将真正的团友吸引过来。

我抻抻衣服拢拢头发，拖着行李箱，再次走到集合标志物下。

我决定站上三分钟。没人搭理我，就离开。之后每十分钟，到此地站一分钟。

功夫不负有心人。一个拎着小挎包的男子走过来，腼腆地笑笑说，叙利亚？

天哪！福音啊！我赶紧说，是。你……

我也是。他说。

我们交流了彼此到达这里的时间，他从东北搭火车过来，下了火车直奔机场，比我到得还要早。

那我怎么没看到你？我问。

因为太早了，不会有人提前好几个小时，我就没站在那里等。后

来我看到你了，心想，这样的老妇女同志不会对叙利亚感兴趣，也许是旁的团，就没吱声。现在看你第二次又站这儿了，就过来问问。

我看他轻手利脚的，问，行李寄存了？

他说，没有。就这些。

我大吃一惊，就算我头天出差第二天回，诸等杂物用这包也装不下啊。这次要走十几天呢！

挎包人看出我的迷惑，说，该带的东西都带齐了。

我狐疑不止，问，衣服呢？

都穿身上了。外衣就不换了，衬衣有一套。咱这边冷，那边热，越穿越少。我查了天气预报。

拖鞋呢？

有。轻便的。

雨伞呢？

有个小的。那边旱，很少下雨，小的就够用。

洗漱用品呢？

牙膏小半支，十几天刚好。毛巾两条，洗脸洗脚分开。

内衣裤总要有吧？我简直穷凶极恶。

有一套。常洗。

药呢？我穷追不舍。

我没别的病，带了些黄连素，怕水土不服。

真真无话可说了。

正说着，旅行社的送行人员到了，一个精明强干的小伙子。他说，每次都是我到得最早，今天反倒是客人先到了。

我说，您把证件给我们，就可以打道回府了。

他说，也还有一些要交代的事，等大伙都到齐。毕老师，借一步，咱说个话。

我跟着他走到僻静处。

他直视着我说，毕老师，我相信您。

我受宠若惊，一个劲儿说谢谢。

工作人员介绍，那个刚才跟您说话的人，是你们团友。

我说，已经打过招呼了。

工作人员说，他是外地的，在网上看到咱们团的出团计划，用电话报的名，社里并没有见过他。您一路上要多观察他。

我莫名其妙，观察什么？

工作人员悄声说，看他会不会跑。

我说，脱团？在叙利亚黑下来？

工作人员说，是啊。非法移民。旅行社脱不了干系，我们在相关机构存有押金，担责任呢。

我狐疑地说，愣是在中国不待了，到叙利亚谋生活，不能吧？

工作人员说，也不一定非待在叙利亚啊。跑出去，以那儿为跳板，再偷渡到发达国家去。

我说，您是怎么看出来的？

工作人员说，你看看他带的东西，根本就没行李。这就反常。只有不准备回来的人，才不带东西。

我反驳说，我已经问过他了，包包虽小，可他该带的都带了。

工作人员说，他对答如流，更说明已经做好了对付盘查的准备。

我心中不服，要真想跑，与其做好言语对答，还不如弄点儿不值钱的囊软东西装满大行李箱来得简便。工作人员运筹帷幄的表情，让我无法反驳，无奈地说，他真要跑，我也没法子啊。

工作人员说，我把手机号码给你，有情况第一时间联系我们。

我说，也不管上班下班什么的？

他说以大局为重，随时。

弥足珍贵的电话号码。

一路辛苦，我们到了大马士革。迎接我们的当地导游是个高大而

略显忧郁的叙利亚青年，在中国留过学，汉语甚好。他叫努斯。

努斯见到我们的第一句话是，阿拉伯古书曾经写道："人间若有天堂，大马士革必在其中；天堂若在空中，大马士革必与之齐名。"

在这之前，努斯肯定还说了若干欢迎的话。但别的话已忘却，记住的就是大马士革的盛名。

我问努斯，《一千零一夜》的故事就发生在这里吗？

努斯说，那时候，这里是一个庞大的国家。现在分裂成很多个较小的国了。所以，就有多个国家说他们那里是《一千零一夜》的发源地。我觉得不必太较真儿。不过，世界上最早的《一千零一夜》的手抄本是在叙利亚。这一点没有疑问。

多么严谨！多么有学问和有分寸！

一路上，努斯向我们介绍着叙利亚。

叙利亚是个农业国。领土大部分是西北向东南倾斜，和中国的地形近似。

全国面积有185180平方公里，位于亚洲大陆西部，地中海东岸。北与土耳其接壤，东同伊拉克交界，南与约旦毗连，西南与黎巴嫩和巴勒斯坦为邻，西与塞浦路斯隔地中海相望。

我对教科书上的资料不感兴趣，着急地问，哪天去看沙漠新娘？

努斯说，我们当然要去。请不要着急。叙利亚是需要慢慢看的。

大马士革建在浅山坡地之翼，在一个阵雨之后的夜晚，我们乘车从山脚到山上，依次驰过散乱铺排的豪宅和低矮民房。山顶风急，站在山顶往下看，无数灯光晶亮剔透，全无任何章法地遍布地面，和天上的繁星点点交相呼应，一时竟让人分不清天上地下。

那是古城墙，有4000多年历史了。努斯指点着说。

那里是浴室茶馆，那里是集市作坊，那里是骆驼道，那里是……努斯如数家珍。

你们现在站的地方，有可能就是伊斯兰教创始人穆罕默德站过的地方。努斯这么一说，我们吃了一惊，不由得退后两步，凝视刚才站立的地面。

这就是一块普通的土地，没有任何标志。不知如何与圣人联系在一起。

努斯解释，当年穆罕默德来到大马士革郊外，也爬上了这座山。他从山上眺望全城，为城市无比辉煌的景色所震惊。他默默地观赏一会儿，并没有下山进城，而是转身返回了。跟随的人十分奇怪，问为什么不进入大马士革？穆罕默德说，人生只能进天堂一次，大马士革是人间天堂。如果我现在进了这个天堂，以后怎能再进天上的天堂呢？

真的吗？我们问努斯。

如果你相信大马士革的美丽，它就是真的。努斯回答。

一时无语。在清冷而毫无尘埃的空气中，大马士革美得令人震颤。

努斯说，你们一定看到过很多大城市的夜景。此刻，可曾发现大马士革的灯光有何特别之处？

我们睁大眼睛，努力回想，一时辨析不出。

努斯说，像纽约、巴黎、东京这些城市的夜晚，一定比大马士革的灯光要明亮很多。但是，请你们注意大马士革的灯光走向——它们不是现代化的沿着公路的笔直线路，特别是老城区，完全保留着古代的格局，弯弯曲曲甚至是毫无章法地蜿蜒，星罗棋布。我们现在所看到的灯火位置，和千年前几乎是一样的。只不过那时是烛火，现在成了电灯。

哦！真是说到点子上了。怪不得从高处俯瞰世界上的各个城市很多次，这一次却让人目光凄迷，升腾幽幽思古之情。

去看沙漠新娘的那一天终于到了。它位于大马士革东北 245 公里，坐汽车颠簸了大约三小时。路上的风光一个词可以概括——黄沙漫漫。

为什么不修高速公路呢？甚至高铁？我问。心想，那样可以早一点儿到达。

古迹周围还是不要修高速公路。在叙利亚的东部沙漠中，沿幼发拉底河流域，遍布历史的废墟。交通不能太便利，这样来的人就不会太多。有利于保护古迹。努斯说。

汗颜。为了一己便利，我没有这样的眼光和襟怀。

努斯转移了话题。你可知道“幼发拉底”是什么意思？

不知道。惭愧。我回答。

有大河，就有古老的文明。幼发拉底的本意为逆流之河。这名字有点儿奇怪，是古埃及人给起的。他们国内的尼罗河是自南流向北，他们就觉得这就是标准。公元前 16 世纪，埃及法老图特摩斯三世征服了西亚。当军队打到幼发拉底河畔时，埃及人惊奇地看到这条大河居然由北向南流动，觉得不可思议，就让它屈打成招成了“逆流”。

原来如此！

随着目的地渐渐靠近，努斯又把话题拉了回来，说，巴尔米拉是公元纪年前后联系波斯湾和东西方各国的贸易中心，繁荣持续了 300 年之久。它和你们中国还有联系。

被车颠得晕晕乎乎的我，一听说和中国有联系，就来了精神。

努斯说，中国著名的丝绸之路，那一头是你们的长安，就是现在的西安。你可知道这一头是哪里？

还没等我们回答，他就说，就是巴尔米拉。它连接西亚、欧洲商道和中国。巴尔米拉美丽的芝诺比阿女王，一定身披过中国绚烂的丝绸。

说着，他深深地叹了一口气，说今天的中国人对叙利亚的了解，估计比唐代时还少。

努斯开始讲解。即将抵达的巴尔米拉，就像他的高贵亲戚。他很希望人们对此多一点儿了解，就从七大姑八大姨讲起。

巴尔米拉的名字来源于希腊语，是“椰枣林”的意思。

我向车窗外张望，并没有看到椰枣林，只有极少的椰枣树苍绿而孤独地活着。不知是否在漫长的历史烽烟中，椰枣林已被毁坏殆尽？

巴尔米拉的地理位置非常好，是地中海东岸和幼发拉底河之间的沙漠边缘的绿洲。史前有原住民，他们居住在洞穴里，有点儿像你们中国的窑洞。公元前 19 世纪，也就是距今 4000 年前，巴尔米拉城的记载就出现在卡帕多西亚泥板的楔形文字上，证明它是世界上最古老的城市之一。公元前 3000 年，开始有原始城邦存在。公元前 8 世纪，被亚述帝国征服。公元前 333 年，马其顿军队侵入。公元前 64 年，罗马人侵入，在这里建成了地中海和古代东方的中转站。在希伯来圣经中对巴尔米拉也有所提及，说它是由大卫之子，朱迪亚的所罗门王筑起的沙漠城市。不管是谁最初建立的城市，此地为咽喉要道，过往商

古罗马剧场

队必得经过。罗马人征收重税，巴尔米拉渐渐积累了大量的财富，开始修建宏伟的建筑。

公元 260 年，波斯和罗马开战，罗马兵败。巴尔米拉的统治者奥登纳图斯趁机造反，从罗马的统治下独立出来，自封为王。他大兴土木，继续建造富丽堂皇的宫殿。因为巴尔米拉地处几种文化的交会处，建筑群既有古希腊、古罗马不可一世的恢宏，又有本地传统的神秘和波斯文化的华丽绚烂。

奥登纳图斯的侄子麦尼奥，在某次狩猎中行为鲁莽，惹火了奥登纳图斯。国王一怒之下，派人牵走了麦尼奥的马。这可不得了，在当时被视为一种极大的侮辱。叔叔一不做，二不休，还把侄子关了禁闭。侄儿怀恨在心，公元 267 年，谋杀了国王。

奥登纳图斯死后，他的第二任妻子芝诺比阿接替了王位。

芝诺比阿这个女人，据说美丽非凡。她自称是埃及艳后克娄巴特拉的后裔，肤色微黑，牙白如贝，黑色眼睛闪烁光芒，音色也很优美。努斯神往地说。

我们在昏昏欲睡中想象着女王的神采。努斯接着说，你们千万别以为芝诺比阿是个徒有外貌的花瓶，不，不是这样。她非常聪明又能刻苦学习，精通希腊文、埃及文和叙利亚文，对拉丁文字也略知晓。

她著书立说，编写了东方历史概况的书籍。她不但能文，体魄也很健美，喜欢狩猎，善骑马征战。

想想看，这等出类拔萃的女王芝诺比阿，怎么可能是因循守旧的傀儡国君？这时恰逢公元3世纪，罗马帝国风雨凄迷，农村枯竭，城市衰落，内战连绵，陷入严重的危机之中。史称“三世纪危机”。芝诺比阿看到这一形势，揭竿而起，宣布巴尔米拉独立。她扩大势力范围，控制整个叙利亚地区，把小亚细亚的罗马驻军赶到了安卡拉，占领了东罗马帝国的陪都亚历山大港，还发行了印有自己头像的货币。芝诺比阿女王的次子干脆自称“埃及王”。阿拉伯、亚美尼亚、波斯等邻近国家害怕与风头雄健的女王为敌，纷纷表示要与巴尔米拉结盟。芝诺比阿马上要成为西亚霸主。

罗马帝国不能坐视芝诺比阿的大肆扩张，公元271年，罗马军队挥戈东进，收复被巴尔米拉占领的失地，公元272年的春天，罗马帝国皇帝奥勒利安亲率大军将芝诺比阿女王逼到了巴尔米拉的围城中。罗马大军攻入了巴尔米拉城。

正说到要害处，巴尔米拉到了。乍看之下，并没有罗马古城遗址那般一览无余的惊世骇俗。这都怪高大的贝尔神庙遮住了来者的双眼。贝尔是巴尔米拉的主神，此庙建于公元32年，三座殿堂呈U形分布，

围成一座广场。残壁高耸，可见一排排巨大的长方形窗户，其上有三角形的装饰。数十米高的圆柱环绕在神殿四周，残损严重。西廊两侧原先建有 390 根巨大的米黄色石柱，如今只剩下 7 根。

贝尔神庙只是序曲，进入之后，整个巴尔米拉掀开了盖头。在几十万平方米的土地上，遍布着无数宫殿、神庙、剧场、集市、陵墓的石头残迹，一望无际。凯旋门是城市主要街道的起点，一步步心怀敬畏地走过。纷繁的十字街头，气派的凯旋门，鳞次栉比的店铺残迹、精工细作的石头雕刻、古罗马角斗场……目不暇接。

让人印象最深刻的，是纵贯巴尔米拉城的廊柱大街。它像我们的长安街一样，笔直地伸向远方。大街建于公元 2 世纪，现在残存的遗址有 1600 米，脚下是宽阔青石铺路，头上是横贯城空的天廊。两旁屹立着 750 根高大的石柱，每根都近 10 米高。一眼看过去，好像肃穆列队的白袍战将。在道路两侧，连绵的塔楼、壁垒、剧场、神殿扑面而来。

你知道这是干什么用的？努斯在地上捡起一块看似红陶的残片。

不知道。

努斯说，这是巴尔米拉的水道。这些布满浮雕的柱子每根间隔 10 米，并不仅仅是为了漂亮，而是为了托举沉重的水槽，水是沙漠的命脉，此设施既有通水的功能，又可降温，真是一举两得。巴尔米拉的设计

者非常有智慧，水槽下面的石柱顶，嵌着华灯油座。我心想，入夜时分，流水潺潺，华灯初上，当年这里是何等繁华！

我们在古老的街道上漫步，努斯说，芝诺比阿女王当年一定也走过我们脚下的路，巡视她的国家和人民。

我说，后来呢？

努斯说，罗马皇帝亲自率军讨伐巴尔米拉，芝诺比阿女王战败。城市被攻陷，芝诺比阿骑上驼队中跑得最快的骆驼，仓促逃入沙漠，向幼发拉底方向逃走。可惜，最快的骆驼也没有跑过罗马的轻骑兵，她被罗马军队俘虏。巴尔米拉城被罗马纵火焚毁。

关于后面的说法，有好几个版本。你想听哪一个？努斯眨着灰蓝色的眼珠问。

我说，都想听。

努斯说，那我就从最悲惨的结局讲起。罗马皇帝奥勒利安俘获了芝诺比阿，说，为了配得上你的身份，我用黄金的锁链拴住你，让奴隶牵着你在我的战车前面走。你不是一直想到罗马吗，我让你从这里走到罗马。

想那风姿绰约的女王，步履艰难地在她美丽的疆土上踯躅踉跄，颈项上的金锁链在沙漠骄阳下烁烁闪光，叮当作响。我黯然道，还有呢？

在叙利亚

努斯说，那我再来讲其他传说。芝诺比阿女王的母亲来自波斯帝国的王室，大兵压境时，芝诺比阿便向波斯求援，然而波斯并不打算与罗马开战。失望的芝诺比阿返回巴尔米拉城与罗马军队作战，战败外逃，路上被敌对部落所杀。

虽然都是死，但所受强敌的屈辱会少一点儿吧。我想。

努斯说，还有一种说法，芝诺比阿女王被带回罗马后，死在了罗马监狱中。

我大为不解，愤然道，这和第一种有什么区别吗？

努斯说，当然有区别。这个说法里没有游街啊。

我心中壅滞，说，如果你的种种说法都和这差不多，我就不听了。

努斯说，历史就像小鸟，掩藏在传说的树林中。你如果想听美好的说法，也有。罗马皇帝赠给了芝诺比阿一栋乡间别墅，她嫁给了罗马的议员。再后来，芝诺比阿女王成了罗马著名的哲学家与社会活动家。

这……我瞠目结舌。我虽不喜美女薄命，但这也理想得太不着边际了。

如果以上的结局你都不愿相信，那我可以告诉你最后一种说法……努斯说。

这一刻，我们正站在城中心的四塔门下，它伟岸的身躯，约略像

古罗马遗址

我们的石雕四面牌坊。它脚下，各有一条大道通向远方。也就是说，它是一个开放式的十字路口。

由此向右，就是当年去往巴格达的主要道路。努斯伸出长臂比画着。

落日下山时刻，巴尔米拉遍地废墟的石块，一侧被镀上响亮的金黄，另一侧谦逊地隐藏于暗影之中。萋萋荒草中的雏菊，以黄色和紫色的花瓣频频招手，用一种脆弱的瑰丽敲打心扉。

芝诺比阿就是从这里骑着骏马，向远方奔驰而去。努斯目光涣散，没有焦点地眺望暮色中越来越模糊的地平线。

你说过，她后来在巴格达边境被罗马军队俘获。我说。

不。没有人能追得上芝诺比阿，她一直进入沙漠深处。突然觉得没有必要搬救兵了，她厌倦了征战和繁华，就此在大漠里加入了游牧的部落，安然度过晚年。努斯非常肯定地说。

虽然我后来遍查资料也未见这种说法，但我依然相信努斯在巴尔米拉逐渐变暗的黄昏中，以梦幻般的语调说出的这番话。

当夜，我们住在废墟中。

这旅馆建在皇宫旧址的核心部位。努斯安排我们宿处，一边分发钥匙一边说。

受宠若惊的同时也生起疑问。把旅店建在废墟中，出门用脚一踢，

就是2000年前的古物，着实让人不安。

努斯说，这家旅店，大约100年前就建在了遗址皇宫区。1979年，巴尔米拉古城被联合国评为世界文化遗产。在这之前，人们保护文物的意识并没有这么明晰。旅店客房极少，要想住在这里特别不易。住在这里的最大好处，是你能在半夜时分到废墟漫步。

房间古色古香，墙壁和巴尔米拉的岩石建筑是同一风格，也不知本身就借用废墟的残壁修葺而成，还是采用了相同的石料。当你在幽暗房屋中走动的时候，总疑心自己这个误闯皇宫的外人，会在下一个拐弯处遇到芝诺比阿女王的身影，你会不由自主地匍匐在地。

对于夜半的废墟漫游，充满了期待。

好不容易天黑下来。等啊等，不止一次想早早冲出旅店，拜访夜间的巴尔米拉。不过，废墟上还有游荡的旅人，汽车偶尔还在低鸣。纯粹的虚空尚未到来，我们要和巴尔米拉在最静谧的时刻相逢。

终于，子夜深沉。我们蹑手蹑脚地走出旅馆，像是要去看望一位沉睡的老人。漠风袭来，寒凉逼身。星光下的巴尔米拉深不可测，有微弱的灯光打出残骸的轮廓，它们带着古老的威慑，展示着庞大的体积和无与伦比的尊严。

从此我知道了，要看废墟，最好是夜半。黑夜模糊了古今的界限，

所有的缺失都被星空的肃穆想象和朦胧思绪所弥补，暗夜如同神奇的胶水，将古今完整地粘连起来。细部不重要了，精巧让位于原野的空旷。唯有君临一切的深广、鸟瞰历史的繁华和残酷的苍凉。白日里败旧的轮廓变得虎虎有生气，它们删繁就简线条洗练。伟大的贝尔神庙仿佛天上的宫阙，在黑暗中延伸的巴尔米拉廊柱大街，直指陌生的彼岸世界。

我小心翼翼地跨越一块块巨石，天地之间，此刻似乎只有你一个人和历史惨淡面对。废墟在背光的地方，显得狰狞恐怖。2000 年前的城池，半夜时分有罡风穿行呜咽作响，以幻觉的形式拷打着我们的知觉。

黎巴嫩作家纪伯伦曾写下了这样的文字：“我来到了巴尔米拉废墟。长途跋涉使我早已筋疲力尽，于是我躺倒在草地上，曲肱而枕。周围是一些巨大的石桩，岁月把它们连根拔起，又让它们卧倒在地，好似一场血战之后，沙场上留下的几具尸体……”

为什么占领者要将这美轮美奂的城池化为灰烬？为什么古今中外的战争，都和血与火形影不离？为什么要有灭绝人性的屠杀？为什么从远古到现代，人类创造了伟大的文明，又亲手将它毁于一旦？

夜深人静时刻，撞击来得格外强烈。

我突然对胜利者用金链子拴着芝诺比阿游街有了新的领悟。这不是一种仁慈的风度，而是更高等级的羞辱。胜利者要凸显芝诺比阿曾

经的富贵和奢靡，用这种残酷的礼遇完成对比，以昭显自己的赫赫战绩和芝诺比阿的惨败。为了杜绝卷土重来，为了彻底毁灭巴尔米拉不可一世的奢华，就要从根基上摧毁巴尔米拉。巴尔米拉所有的壮美都是无赦的罪孽，它们必定要以自己的彻底消失来完成战败的宿命。

遥想当年烈焰焚起的那一刻，可曾有人悲怆地闭上眼睛？

无论是基于地区政治生态的考量，还是刻意标榜胜利者的威信和荣耀；无论是杀一儆百，还是狭隘的复仇心理，总之这是胜利者的饕餮盛宴——凶杀遍行火光冲天。人类历史上千百次地重复着屠戮与毁灭，留下无数残败的废墟。历史就这样无可救药地持续了几千几万年，一次又一次的大倒退，何时才能止息？！

2008 年，在我环游世界的途中，有一组非常重要的浏览项目就是观赏废墟。我原来以为废墟是时间湮灭的杰作，后来才渐渐发觉，最残酷的废墟都是战争造成的。目所能及之处的建筑残迹，华美得令人战栗。即使在今天，古人在 2000 年前所达到的建筑水准，也令人叹为观止！我不明白，好不容易建立起来的宏伟建筑，就算变换了主人，也一样能为新人新政服务，为什么一定要毁灭它？

这心理来自人性中幽深的黑暗面。来自统治者占领者内心的孱弱。他们无法忍受带有战败者气息的一切印痕，他们内心受到煎熬无以开

解。所以，让所有痕迹速速毁灭就是最简单便利的手段。这就是屠城和焚烧无所不在的根本原因。在这一点上，连战胜者的贪欲都要让位。

进入 21 世纪，不同群体之间发生暴力冲突的行为并没有丝毫减少的迹象，因经济的、族裔的、宗教信仰、意识形态的歧义而起的冲突，频频点燃，恐怖活动越发猖獗。

这个世界，以前充满了危险，现在的危险性不是更小，而是更大了。科技水平的攀升像一个高倍数的放大镜，将风暴凸显。全球化的经济、便利的通信、大规模的人口迁徙更在高科技镜头的折射下，让危险如虎添翼。

"地球村"这个称呼，某种程度上成了一个辛辣的讽刺。不论现代的人们自以为已经距离原始丛林社会多么遥远，实际上，人们和古代的部落人马一样，顽固地隶属于自己的宗族和部落，锱铢必较地看守着自己的地盘和既得利益。冲突完全可能失控，演化成新一轮的凶残暴力。

我知道无论多少善良的人日夜祈祷，战争也不能避免。那么，我们就祈祷即使发生战争，也能把屠杀和毁灭控制在最小的范围内。从这个古老愿望出发，吁请人们在深夜时分，徜徉于苦涩的战争废墟之中，或许是发人深省的办法。

回到北京，我对那位轻车简从的游伴说，你可知道我有个神圣使命，一路上都在监视你。

他并不介意，温厚地笑笑说，你监视我什么呢？

我说，你带的东西太少啦，旅行社怕你不辞而别。

游伴说，我带的这些东西足够。你看这一趟叙利亚，我什么都不缺。

我说，要向你学习，尽量精简行李。

游伴说，这一次真是长见识。下回咱这伙人再一起结伴玩吧。

我说，好啊。

如今叙利亚枪声阵阵危情不断。常常想，博学的努斯你还好吗？大马士革的灯火还在夜风中冷冷地璀璨吗？沙漠新娘巴尔米拉，你没有遭到新一轮炮火袭击吧？

驰名世界的英国女作家阿加莎·克里斯蒂，人们尊称她为侦探小说女王。她曾在20世纪30年代随夫婿在叙利亚进行过考古研究，对于叙利亚，她放下了在罪犯世界里的诡谲想象，一反常态地说过一段情深意长的话。

“我爱那片温馨、肥沃的国土和她淳朴的人民——他们知道怎样欢笑，怎样享受生活的乐趣。他们闲散、快活、尊严、潇洒、幽默。死亡对他们来说并不可怕。”

从阿加莎·克里斯蒂说这话的1944年到现在，整整70年了。对于今天的叙利亚来说，死亡是可怕的。

波斯天葬

伊朗的前身是波斯。让中国人在故事中铭记波斯的原因，除了《一千零一夜》，便是《倚天屠龙记》中的小昭。这几近完美的清秀女子，当了明教的教主，连创造她的金庸先生，都说她是自己最喜欢的女性。记住小昭的人，也记住了一个遥远而神秘的宗教——明教。它起源于琐罗亚斯德教，国内常不加区分地将琐罗亚斯德教、摩尼教、明教统称为“拜火教”。

拜火教的起源，要追溯到2600年前的古波斯帝国。它自南北朝传入中国后，在隋末唐初开始被称为“火祆教”。我把“祆”字写在纸上，

问过几个人，此字如何读？有人说不认识，有人说是棉袄的“袄”。

“祆”字，表示它是外国的天神。

琐罗亚斯德像佛陀和基督一样，历史上是真有其人的，又被译作查拉图斯特拉。他是琐罗亚斯德教的创始人，出身于米底王国的一个贵族家庭。20 岁时弃家隐居，30 岁时自称受到神的启示，开始改革传统的多神教，创立了琐罗亚斯德教。在之后的传教过程中不断受到迫害，四处迁徙。好在他 42 岁时，娶了大夏国的宰相之女为妻，宰相将他引荐给国王，教义才得以在大夏国传播。77 岁时，在一次战争中，他在神庙里被杀身亡。

该教认阿胡拉 · 玛兹达为最高主神，是他创造了物质世界，也创造了火，即“无限的光明”，把拜火作为教徒神圣的职责。琐罗亚斯德教的存在，对后来出现的犹太教、基督教、伊斯兰教、佛教都有深远的影响，被称为“世界五大宗教”之一。

火祆教是二元论宗教，认为善与恶总在不断斗争，结局是善取得最后胜利。在善与恶的斗争中，人有选择自己道路的自由，或以善念、善言、善行参加善的王国，或者参加恶的王国，死后各有报应。于是光明的象征——火，就成了崇拜的对象。

火被拟人化，成了阿胡拉 · 玛兹达的儿子，是神的造物中最高和

最有力量的东西。熊熊燃烧的火光清亮、光洁、充满活力、无坚不摧，具有强大的正能量特质，象征着神的无边广大和绝对至善。火是“正义之眼”。对火的礼赞是教徒的首要义务。火祆庙中都设有祭台，圣火永不熄灭。教徒家中也燃点圣火。点燃和保存圣火都要举行繁复的仪式，并使用特制的器具。

琐罗亚斯德教的丧葬习俗，相信灵魂转世。人死之后第三天，由良知女神带往“裁判之桥”接受审判。善者在桥上如履平地，很容易就走过桥，进入无限光明的天堂。恶者可就麻烦了，桥面薄如刀刃，于是就会堕入地狱，受到和其罪恶相当的苦刑折磨。善行和恶行相抵消的人，则留在“中间地带”，该地阴暗如晦，没有快乐，也没有悲伤。

拜火教教徒们认为尸体是不洁的，在他们周围，土地是神圣的，水是圣洁的，火则代表了光明。故人死后不能水葬，不能火葬，也不能土葬。那么，尸身怎么办呢？只剩下“天葬”一法了。教义规定，人死后，“把死者放在鸟兽出没的山顶上，让噬鸟啄尽尸肉，尸身被送入寂没之塔”，最后把骨架投入到寂没之塔中央的特制穴中。这时，人的血肉俱失，只剩下嶙嶙白骨，就不会污染大地了。

由这风俗，我想起了年轻时在西藏所见的天葬。

我在藏北高原的阿里当兵时，正值“文化大革命”时期。当地民

众到部队医院求医，病重不治，生命危在旦夕。按照医疗常规，医护人员马上向病人家属报了病危。

金珠玛米曼巴牙古都……？病人的家属问。翻译过来的意思就是——解放军的医生啊，这个病人是不是没有救了？

是的。主治医生沉闷地回答。无论行医多少年，宣布这种消息的时刻，仍然非常艰难。

那他能见到太阳的日子没有几天了？家属沉思着，缓缓问道。

是。主治医生肯定地说。噩讯已经揭开，他渐渐回到常态。

我们已经在这儿停留了很久，牲畜把周围的草都吃光了，要转场到别的地方过冬。那我们就走了，这个人就留给金珠玛米了。家属安静地说。

我那时是刚入伍的卫生员，贴身站在一旁，学习如何向病人家属报告坏消息。号啕大哭和捶胸顿足我都有准备，但这种近乎麻木的从容，深刻地惊骇了我。

他们居然不静候那永恒分别的一刻，要提前离去？！

尸身如何处置？主治医生有条不紊地向前推进问题。

如果金珠玛米有办法，就请将他天葬。如果不能天葬，就请把他水葬。如果水葬也不行，那就只有土葬了。

家属说完之后，赶着羊群向远方走去。

我们静默了一会儿。在如此冷峻的话题之后，短时间内嘴巴冻住了。很久。我说，他家里人很希望天葬的。

老医生说，我们要尽量满足他们的要求。

我说，可是我们不会天葬啊。

老医生说，我会，我看到过天葬。现在找不到天葬师，让我们亲手来天葬他吧。

病人逝去。按照天葬的规矩，必须停尸三天。我们没有冷藏设备，拜阿里严寒，尸体并无腐坏。解放牌卡车大厢板上，载着几个活人和一个死人，呼哧呼哧地爬着坡，将我们一行送到了再也没有路的地方。尸体平铺在担架上，蒙着白色的被子。（本来要用床单，但床单太薄，风一吹，尸体的手脚就会露出来。）老医生身体不好，我们几个年轻人就充当了抬尸人的角色。一副担架四个人抬，两前两后。因为山势陡峭，抬后面位置的人，要费更大的气力。但我主动走向了后面的杠子。这可不是我担子拣重的挑，实在是出于私心。我想，如果抬前杠，死人就在你的脑袋后面，如果他突然坐起来，你什么也看不到。后杠就好多了，虽然风不时地撩起被角，死者惨白的脚趾就在眼前颤动，但毕竟心里有个准备。

由于负重和缺氧，心如擂鼓。抵御着强烈的高原反应，我们一步一喘，三步一停，终于将逝者举到了雪山之巅。

我们打开被子，将僵硬的尸体放在山顶，简短的致意之后，老医生拿出手术刀，将遗体打开并拆卸脏器。在这个过程中，有秃鹫飞来，俯冲而下，将我军帽下的发丝掠得纷乱。我从被血肉染污的不锈钢刀锋上，蒙眬看到秃鹫倾斜的翅膀，手指不争气地颤抖。

我怕天上的凶禽，更甚于怕地上的尸身。

我哆哆嗦嗦地问老医生，它们……分得清谁是活的谁是死的吗？

老医生说，它们非常有经验。你放心，在我们没有离开之前，它们不会大吃大喝的。

其后的过程，我作为一个医学生，参见到了最淋漓尽致的解剖学。所有的筋络都要挑开，所有的骨骼都要断离，所有的脏器都要剥脱，所有的神经都要撕裂，所有的血液都要放净，所有的肌肉都要铺排一地……我突然不合时宜地明白了庖丁解牛是怎样练出来的。

恭恭敬敬做完这一切，我们倒退着离开。秃鹫呼啸着像战斗机群一般扑压过来，刹那间尸身就被遮掩起来看不到了，只见乌云般的翅膀扑扇，无毛的秃鹫脖子似活蛇一般扭动。

悲戚掩面而去。在某种意义上说，我亲历过鸟葬现场。

人在旅途中，对什么有兴趣，有时看起来是突发奇想，其实每一个决定的萝卜，都拖着深长的根须。我原本以为天葬是佛教的传统，现在才知道，这古老的习俗，来自拜火教。

伊朗中部的古城亚兹德，是拜火教的发源地。它位于广阔的卡维尔盐漠中间，号称是地球上人类最古老的居住地。城内浏览，到处可见对空气进行吐故纳新的风塔和地下输水的坎儿井。在这个有着7000年历史的城市中，人们以智慧头脑和辛勤劳作，对抗着严酷的自然环境。

参观一座正在使用中的祆祠。它规模不大，结构也不复杂，没有塔楼钟楼，没有正殿偏殿，只是几间平地而起的房屋。正面墙上绘有拜火教主神阿胡拉·玛兹达的标志，还有创立者琐罗亚斯德的头像。一个翼展非常辽阔的雄鹰图案，极其引人注目。走进去，进深也不大，主角是玻璃屏障后面代表光明的圣火熊熊燃烧。据说这火自公元470年始一直不停歇地燃烧至今，近1600年了。

正殿的墙上刻着拜火教的古老传承法则——善思、善言、善行。

导游是对波斯文化研究很有造诣的年轻人。他说，这个古老准则，相当于我们的三好学生标准。思想美、语言美、行动美。

我们一想，还真是。刚才所说的葬俗，也让人想起奈何桥传说与佛教的轮回。

导游继续讲拜火教对各个方面的渗透。它非常古老，后起的犹太教、基督教、伊斯兰教、佛教都和它有千丝万缕的血缘。比如这点燃长明灯的习俗，在佛教里就很兴盛。所谓的捐香烛钱，就是要维系佛面前的香烛和喇嘛教里的酥油灯等不停燃烧。再则，很多祭祀先人缅怀英烈的形式，像欧洲国家在阵亡烈士碑前，也都点燃长明灯，亦来源于此。奥运会的火把取火仪式和传递等，也都寄托着火种不熄之意，均来自拜火教的习俗。再比如中国的结婚礼仪，新娘子要跳过一个火盆，这也是拜火教的传统。还有中国的灶王爷和火神庙，都和拜火有关联。

对于宗教的起源，我是外行。这些话录在这里，以供参考。历史长河中，各种宗教并非水火不相容，特别是在下层劳动人民中间，彼此融合的习俗很多。阿里的天葬和拜火教就有异曲同工之妙。

人葬埋的方式一定和当地的地理环境有关。荒漠和高山地区，没有高大的植物可以提供棺木，故土葬就先天不良。贫瘠到连低矮的植被也很稀缺，火葬也成为难事。加之气候干燥，微生物萎靡不振，尸体就难以分解。除非像埃及那样制成木乃伊，不然就会形成令人畏惧的丑陋干尸。制作木乃伊需要雄厚的物质条件，包括专业人士和丰富的香料与漫长的时间，不是普通人消费得起的。古波斯和阿里那样的区域，水源非常宝贵，如果土葬，可能会污染水源。阿里是永冻土层，

想要挖掘深坑葬人十分困难。沙漠地区流沙移动，也不适宜掩埋尸体。

可人总是要死的，尸身总是要有安宁之所。拜火教认为，人死后尸体很快会被“恶神”腐蚀从而不净。既然葬在土里会污染善良的大地，人们便把目光投向天空。让无所不在高高飞翔的鸟禽吞噬尸体，是洁净而简便的方法。于是出现了鸟葬，也就是天葬。飞禽吃不尽的尸身，再二次收殓安放在与土隔绝的封闭场所。

从前亚兹德城周围有大大小小几十座寂没塔，我们抵达城南 15 公里处，现存两座最高大雄伟的寂没塔。从 1978 年始，出于卫生的原因，伊朗政府停止了天葬，现在渐呈萎缩之势。

寂没塔，说是塔，并非高耸的独立建筑物。从地面仰视，60 米高的山顶处，有以泥砖圈起来的陈旧土圈子。有个牵着小毛驴的老头儿向我们打招呼，问可有人愿意骑着小毛驴上山？导游说，此人是当年寂没塔下的抬尸人，别的抬尸人都已故去，唯有他还健在。我充满敬意地看了他两眼，心想咱们曾是同行哩。

寂没塔下有成片的新建墓地，近年来因为不能天葬了，拜火教徒去世后就都埋在昔日的寂没塔下。还有一些残破的建筑，依稀可以看出是曾用来储水的水窖。还有大小不等的房屋，房屋里面再被分隔成很多小间，迂回曲折。导游说这里是等待天葬的人的驿站，房间各有

专用。有的用来停尸，有的用于守灵、悼念，还有的供活人住宿。有钱人家用大屋子，普通人用小间。

房间很多，鳞次栉比。我在屋子和走廊中慢慢穿行，暗自揣摩这间是住死人还是活人。

总而言之，这里是用于等待的地方。要有耐心——不仅仅是指活人，也包括死人。

因是此地最宏大的寂没塔，故常常人满为患。秃鹫的食量是有限的，一时拉来的尸身太多，就会消化不了。死者的家属便要在寂没塔下等待，每天他们会爬上山去，看自己亲人的尸体是否已被飞鸟啄净。据说有的时候，要等一个多月。

我心中戚戚然。若是总是收拾不净，看到支离破碎的残缺，如何是好。

你看这些房屋的屋顶像什么？导游打破了沉寂。

房屋残骸七零八落，但墙壁上还留有清晰的花纹，房顶做成拱状，拱形中央有一个柔曼的突起。

我沉浸在感伤中，说一时还真看不出来。

导游说，这是火焰的形状啊。

一条沙石路蜿蜒通向山顶，尸体就是沿着这条路被送往寂没塔。

在伊朗

到达山顶，进入寂没塔，也就是走进以泥砖土墙围起来的坟圈，面积约有两个篮球场大小。紧靠围墙的石板，是安置男性尸身的。女性则放在靠近中间的石板上。如果是小孩儿，放到靠近寂没塔中间的地方。当秃鹫和乌鸦吃净尸体上的肉，剩下的骨头被放到塔中央的圆坑里。等到圆坑堆满了骨头，教徒们就会另觅地方，再建造新的寂没塔。

据说全世界现在还有 13 万名拜火教徒，大部分在印度，少许散居在伊朗、美国和英国。印度的拜火教徒，是公元 8 世纪为了躲避阿拉伯军队的屠杀从伊朗逃到印度的，被称为帕西人。从那时到现在已经 1000 多年了，帕西人失去了自己的语言和服饰特征，但还坚持着自己的宗教信仰。根据拜火教的习俗，教徒死后要以白棉布缠身，抬到玛拉巴山顶的寂没塔里。寂没塔四周是石块和砖头垒起的矮围墙，塔顶中央开有一个小口。尸体先放在中央大理石板上，让秃鹫啄。剩余部分让灼热的太阳蒸烤脱水。到了第四天，死者的灵魂过“审判桥”，善者的灵魂升入天堂，随后剩余的骨头渣被投入塔顶中央小口内。

这个风俗与亚兹德完全相仿。如今帕西人的天葬遇到了麻烦，玛拉巴山顶原有五座寂没塔，前几年成群的秃鹫经常在空中盘旋，它们是天葬的主力军。不过如今却很难看到秃鹫了。根据美国游隼基金会的调查，南亚的秃鹫已经减少了 95%。大量杀虫剂、有毒垃圾的使用，

还有新的鸟类病毒（比如禽流感）出现，都对秃鹫的生存环境造成严重破坏。

没有了秃鹫，这可如何是好？帕西人在寂没塔上安置了四块太阳能板来让尸体尽快脱水。尽管正统拜火教认为，没有了秃鹫的指引，教徒的灵魂会在天空中迷失方向，可也是没有法子的事。

如果有一天，秃鹫灭绝了，拜火教的寂没塔就成了无本之木无源之水。那么这个古老的丧葬习俗，就彻底终止了。

拜火教的圣山，就是位于中国西藏阿里的冈底斯山主峰冈仁波齐。人们常常说冈仁波齐像一座浑然天成的金字塔。这曾是拜火教的土地，这是供奉神仙的地方，这是圣洁乐土。

在拜火教信徒的眼中，它浑圆对称的山体加上柔和的顶峰，正是一朵硕大无比向天而生的火焰。

马其顿的纪念物

那一年到台湾访问，在佛光山见到星云大师。

谈话中，问了大师一个问题，何谓悲智双运?

我以前知道这是佛教用语，“悲”是大悲，要富于怜悯心，有救拔众生的菩提之心。“智”是大智，自己首先要解脱。双运就是比翼齐飞的意思吧，不可偏颇。不知自悟确切否，请教大师。

大师答，慈悲的时候也要有智慧。

言简意赅，让我领会到人间佛教的魅力。

大师接着说，我送你们一件小礼物。

捧接过来，是白玉雕琢的一只小鞋，长约一厘米，玲珑剔透精致喜人，一根红线拴着，煞是可爱。

我们面面相觑，心想大师不是示意我们恐要有小鞋穿吧？

大师颔首说，这鞋子带回家后一定要挂在墙上。

我们不解，为什么非要挂在墙上？捏握在手心里不可吗？

鞋挂在墙上是什么意思呢？就是“辟邪”啊！大师笑眯眯地解释。

略一回味，我们也会意地笑起来，原来墙壁和鞋子搭在一处，就是“辟邪”啊。心想一回到家，就把这小鞋子挂到墙上，以求平安。

中国的汉语汉字很有意思。单音节多，便会有很多同音字，好像一夫多妻。有些字连在一起念出来，能引起误解，也能引起联想，于是就有了特别的寓意。比如在条案上摆上两只瓶，便是取平平安安的意思。在纸上画上大红柿子，取红事当头。门上趴着砖雕的蝙蝠，取五福临门。画的是一只带着叶子的桃子，就是讥讽慈禧太后从北京城连夜（叶）脱逃（桃）。你可以不喜欢不信服这些，但它们源远流长，已经构成了中华民俗文化的一部分。

辟邪这事，在中国是个大系统工程，练出了很多绝招。第一常用的是唾液。古人认为人本身具有阳气，鬼魅惧怕。而人身上阳气最盛的东西是唾沫，可以击鬼。在中国宣传不要随地吐痰，总是从卫生的

马其頓

角度入手，多年不得显效。我觉得没有点到要害。在民众的潜意识当中，常把唾沫当成自身所拥有的驱邪之物，物虽不美但着实价廉（简直没有任何成本）。我知道一人，凡是看到令他不愉快的事物，马上就会找个地方吐痰。当然他比较文明了，基本上是吐在纸里。若是纸巾恰巧用完了，他也会迟疑一下，飞快扫视，见周边无人时，就会快捷地吐到地上，再用鞋底蹭蹭，地上留一片黏腻不管，只求心安。因是近亲，我就少顾忌，多次嗔言此举不妥，他振振有词驳道，口水不祥，当然要吐出去，哪能在嘴里多存留一分钟！

在某些人眼中，唾液被赋予了某种象征和力量。在汉语中，有“唾弃”这个词，代表的是极端的不屑和鄙视。要在中国推广不随地吐痰，要从民众的意识中着手，剥去唾沫的神奇外衣，让它不再披着辟邪之物的外衣。旷日持久地坚持，才有可能在长达几代人的过程中，彻底清除此习惯。

扯远了，回到主题。

说到辟邪，还有一个东西，东西方取得共识，都认为它有妙用。此物性烈，气味浓郁，百虫避之唯恐不远……有的人可能已经猜出来了，它就是大蒜。

此外还有狼牙、桃木剑、钟馗像……说到钟馗，为捉鬼圣人，百

鬼见此人，远远回避了。不过听说这用于辟邪的钟馗像，必得是画出来的才行，印刷品是没此功效的。

再有就是父母旧物，亲情盛阳，抱作一团，逢凶化吉。前提是父母要为平顺安和之人，若是横死暴尸者，就不能用他们的遗物了。

此外还有古玉，集天地浩然正气，可令邪灵不敢近身。还有玳瑁，是辟邪之极品，功用和美玉类同。最重要的辟邪之物为阳光，其中道理不用重复。

以上诸物，以阳光最廉价，以唾沫最方便。后者自产自销，随时恭候。它不像阳光，如遇阴天下雨，就采集不到了。一时查不到墙上挂鞋之说，想来这“壁鞋”是尾随汉语的谐音，生发出的后起之秀。

那一年到伊朗，还没有下飞机，就被严肃告诫立刻要戴上头巾，将女子的头发包扎严密，严禁一丝外泄。有道是“入境随俗”，我们都赶紧把早已准备好的头巾系上，尽可能把头发收拾得严丝合缝。在伊朗十几天，天天围巾裹头，严格遵守禁令。到伊斯兰清真寺里参观，都要披上拖地长纱，将身体遮挡得严严实实。

某天，在亚兹德市附近参观大清真寺，恰逢女子专门做祈祷的日子。我们披挂整齐，跟着黑袍罩身的当地女子们排着队缓缓进入其内。寺内的金碧辉煌自不必说，只见靠近地面处，无数女人黑衣袭地，黑色

头纱将面孔遮挡，只留一双眼睛在缝隙中注视着这个世界。清真寺面积巨大，但人流更是汹涌，非常虔诚地按照一个方向旋转，像黑色漩涡。裹挟其中，缓慢移动。我感觉到强烈的缺氧和眩晕，便独自悄悄退出了清真寺。

在寺前的土地上，铺设着大小不一的大理石板，上面用金粉镌刻着字迹。

我问，这是什么？

向导答，墓碑。

我吓得抬起的单脚不敢落地，金鸡独立站在那儿说，这真的是坟墓？下面有尸身？

向导说，当然真的。能够埋在清真寺前的土地上，是莫大的荣光，只有极有名望和地位的人才能享受此殊荣。

我好不容易找到一小块空地，大口呼吸着新鲜空气，小声问，祈祷的女人们把自己围得铁桶一般，不觉得喘不过气来吗？

向导说，时间长了，也就习惯了。在1979年伊斯兰革命之前，伊朗的女性也是很开放的，她们的穿着打扮和今日的西方世界没有多大区别。

屈指一算，从1979年至现在（2012年），不过才33年辰光，就是说，

如今 45 岁以上的女子，穿过清凉的衣衫。倘若从小就禁锢着，也许习惯成自然。但半路改变，应该是很难适应的。她们是怎么想的呢？

涉及宗教，话题敏感，只好打住。

我随意走到寺院前的一个小铺子跟前，东张西望。呼吸畅快了，看诸物美好。主人是一个留硕大白胡子的老人。也许他不算老，但那把修剪得很精致的美髯，夸张了他的年纪。他开始向我推销一种黑色粉末，装在木制的小盒子里，饶是神秘。

他说，你要让你的姑娘用这种粉涂抹眉毛，她的眉毛就会变得又粗又长，然后连在一起。

我想象了一下眉毛粗重并粘连在一起怒目金刚似的女孩，说，那有什么好的呀？

美髯公做出非常夸张的表情，以惊叹我的无知。他说，用了我的粉，你女儿出嫁的时候，就会嫁得离你很近。想想吧，她就在你身边，你可以常常看到她。

我虽然没有女儿，但一句“常常看到”深深打动了我，我立即解囊，买下眉粉。

美髯公初战获捷，又向我推销一串金光闪闪的锅碗瓢勺，每个核桃大小，一个连着一个，好像金螃蟹。我估摸是小孩子过家家用的灶具。

纯黄铜手工打造的，非常有保存价值。美髯公很有把握地说。

我说，哦，玩具。

他大笑，说这可比玩具重要！这是波斯古老的风俗。你把它挂在自己家门外，就是告诉路过的人们，我家有一个美丽姑娘长大成人，你们快派好小伙子来求婚吧！

不知道为什么，美髯公铁嘴直断我有女待字闺中。为了他这份未卜先知，我又买了一套金光闪闪的小锅碗瓢勺，拎在手里，叮当作响。

他再接再厉推销不止。弯腰从货架子底下掏出一样东西，握在手心，对我说，那两样东西，你买了，很好。但其实不买也不会怎么样。但这一件东西，你必须买。

好奇心被强烈地扰动，凑过去看。美髯公握着的是一只浅色皮革缝制的小鞋，寸把长，很柔软，窝在他的手心，两端蜷了起来，好像一只驼色的蛹。

玩具又杀来了，我暗自揣摩。不过同伴们在寺内绕行不止，我只好安心听他讲故事。

美髯公面容严肃，说，这个你要把它用绳子挂在墙上，然后一切不好的人和事就会离开你远远的。

为什么呢？我一时不解。波斯有这个传统？

这个具体的原因我不知道。美髯公很认真地说。这是我爸爸告诉我的，我爸爸又是听他的爸爸的爸爸说的。为什么说不出来，但是很灵的。记住，一定要挂在墙上。

这最后一句叮嘱，让我心中怦然一动，立刻买了皮质小鞋。

又一年，到土耳其的伊斯坦布尔，逛那个据说是世界上最大的小商品市场。甫一进门，立受威吓。简直是阿里巴巴的藏宝洞啊！遍地金光灼灼色彩斑斓。听说全部逛下来，要整整三天。我们没有那么充裕的时间，我决定什么都不买，只带着一双眼睛，快步如飞地浏览。

一个摊位绊住了我的腿。瓷器店，盘子罐子茶壶茶碗，描金画银富丽堂皇。最有趣的是一只尖头鞋子样的瓷花瓶，金黄明亮耀眼。老板是个穿五彩长裙的姑娘，看我刚一放慢脚步，就说，这只花瓶你一定要带走。

我说，路途遥远，瓷制品很容易磕碰。

彩裙姑娘说，我会为你包扎得好好的，你到了家就会发现，它身上连一道头发细的纹路都不会出现。它可以盛水，不会流出来。你把鲜花插进鞋里，鲜花会一直开放。

这显然是夸大其词。一只鞋样的花瓶里能装多少水呢？这不能打动我万里迢迢背件瓷器回家。

特蕾莎修女故居

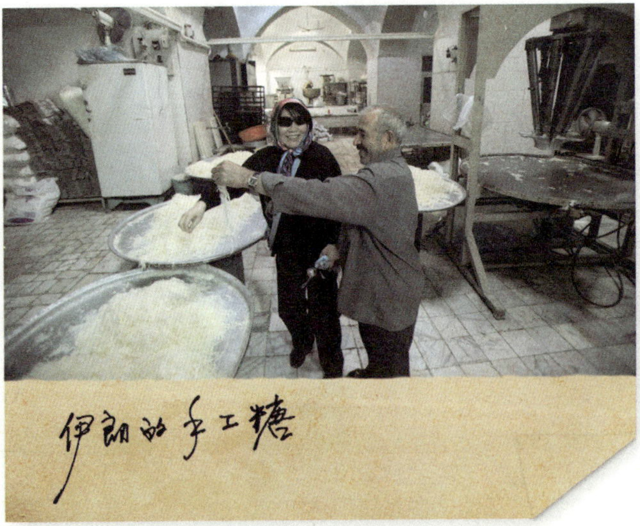

伊朗的手工糖

看我执意要走，彩裙姑娘急了，说，它会给你带来好运。因为插花，你必须把它贴在墙上。这样，你就可以躲开不好的运气。不好的不来了，好的就会来，然后你就一切都 OK（好）了。

我叹道，你为花瓶编了一个故事啊。

彩裙姑娘一下子急了，说，你不买就算了。但是我们民族都是这样传说的，鞋子要挂在墙上才会躲开所有的坏事。

猛然醒悟。我从伊斯坦布尔带回的唯一物品，就是必须钉在墙上的鞋子花瓶。

2013 年夏天，我到巴尔干半岛旅行。

一路上，每当我说到马其顿共和国的时候，当地人总要严肃地纠正我，这里的正确全称是“前南斯拉夫马其顿共和国”。

我说，这不像是一个国名，而像一段历史教科书。

当地人说，历史上，马其顿是一个广义上的地理名称，地处巴尔干半岛的核心区域。现在这个区域分属三国。属于塞尔维亚的部分称瓦尔达尔马其顿，属于保加利亚的部分称皮林马其顿，属于希腊的部分称爱琴马其顿。我们此次旅行所处之地，就是瓦尔达尔马其顿。

第一次世界大战后，瓦尔达尔马其顿并入塞尔维亚人—克罗地亚人—斯洛文尼亚人王国（多么长的名字）。到了 1929 年，此王国改称

南斯拉夫王国。第二次世界大战后，南斯拉夫联邦人民共和国成立，瓦尔达尔马其顿成为南斯拉夫联邦的组成单位之一，简称马其顿共和国。1991年11月20日，马其顿共和国正式宣布独立。

希腊对这个新国家的命名，大为不满。它说马其顿是个地理概念，其范围也包括希腊的北部地区，不能被某个国家独占了。简言之，就是希腊不许马其顿叫这个名字。争执僵持，最后马其顿屈服了，1993年4月7日，只得以“前南斯拉夫马其顿共和国”的暂时名称加入联合国。

知道马其顿，是因为亚历山大。历史上，马其顿人在文明发展的道路上，比它南边的希腊人延迟很多。在希腊城邦已达到政治、经济、文化高度繁荣的时代，马其顿刚跨入文明社会的门槛。到了公元前5世纪初，波斯侵略希腊，马其顿被波斯统治。

公元前4世纪，马其顿把希腊的先进文化引入国家，与希腊城邦进行贸易，一跃强大起来。当腓力称王时代，大力发展经济扩充军事，建立起强大的海上舰队，战斗力超过了希腊。公元前338年，国势强大后的马其顿军队与希腊军队决战，希腊惨败，只好承认了马其顿的霸权。

亚历山大20岁继位，斗志昂扬，于公元前334年春，大军渡过了赫勒斯滂海峡进攻波斯帝国，与波斯王大流士三世的军队在小亚细亚

马其頓新建的雕塑

的格拉尼库斯河展开会战，大胜后占领小亚细亚。公元前 333 年，亚历山大率军又在叙利亚伊苏斯平原，再次大败大流士三世亲率的波斯大军，征服了叙利亚、腓尼基各城市。次年又征服了埃及。亚历山大再接再厉，于公元前 331 年春季，继续东征。大军渡过幼发拉底河与底格里斯河，与大流士三世继续血战，大获全胜。

亚历山大接着攻克了巴比伦城，开始进入波斯本土。公元前 327 年又挺进南亚。他亲率大军从里海南岸东进，经过帕提亚，征服阿富汗，进入印度，平定旁遮普。不过亚历山大也遭遇了巨大困难，部下转战连年，回归心切，印度多雨、天气酷热，战斗力大减。亚历山大于是将已经征服的印度部分，分为三省驻军把守，大军返还。

公元前 324 年初，亚历山大将巴比伦作为新都，建立了一个庞大的帝国——马其顿帝国。不料到了公元前 323 年 6 月，亚历山大突患恶性疟疾，发病 10 天后就离世，年仅 33 岁。

看了以上历史，是不是荡气回肠感慨不已？我几乎就因为这段历史，才执意要在有生之年去一趟马其顿。

但今日的马其顿和历史上那个庞大而不可一世的马其顿大帝国，天壤之别。它的面积只有两万多平方公里，和两个北京市差不多大小。首都斯科普里，人口只有 50 多万。此城现在暴土扬灰，像一个大工地。

新建广场上的亚历山大跃马扬鞭的青铜像高达数十米，据说是联合国的资助项目，要一振当年雄风。

在附近一家伊斯兰餐厅候餐。除了中华餐饮能以桌为计量单位，其他无论西餐还是眼下的清真餐，都是以一份为起点。未经预约的几个人临时扑来，令厨师手忙脚乱，食客要很有耐心等待。闲暇中，男士们点了啤酒，女人们趁机采买。

随着走过的地方日渐增多，我在购买纪念品方面已大加节制。多是买点儿吃的喝的，回家后急速送出以飨亲戚朋友们知你远行后的期盼。早年会买一些小纪念品摆放家中，现在渐渐淡了。一来是没有地方放，落满尘土的纪念物，变成了异地的孤儿状。二是觉得最好的纪念就是记忆。它们已成为我生命的组成部分，不必再劳神特意留下标志物。

不过异国他乡四处溜达摩拳擦掌之态，也不是一时半会儿戒得了，便漫无目的瞎瞅。

又看到了小鞋，一串串挂着。细韧羊皮编制，大小不同。

朋友问，这是给小孩子穿的吧？

卖鞋的马其顿壮汉瓮声瓮气地回答，不是穿的，是挂在墙上的。

朋友不解，说鞋子挂在墙上，有什么实用价值？

马其顿壮汉说，没有穿的价值，但有更大的价值。

这时我已明白，只是不说，但听壮汉如何解释。我一厢情愿地认为，此人的祖先，可能是马其顿横扫欧亚大军中的一员吧？

马其顿壮汉说，可以避免霉运和一切你不喜欢的事情。

朋友不明就里，不以为然，撇嘴说，几双羊皮编的小鞋子，哪会有这等魔力？

马其顿壮汉大不悦，说，不是几双，一只就解决所有问题。关键是你一定要把它钉在墙上。

朋友说，钉在？用什么钉？

钉子或是其他的东西，粘在墙上也行。不管你用什么法子，最重要的是要贴着墙……

朋友终于被说动了，说这种马其顿的迷信，宁可信其有。我也默不作声地买了五只小鞋子，打算送给四个朋友。最后一只，留给自己。

现在，我已经有了来自中国台湾、土耳其、伊朗和马其顿的四类小鞋子，玉质、瓷质和皮质的。它们都有统一的寓意，贴墙而悬，可以辟邪。

我们的翻译，通晓多国语言。我问他，在土耳其语中，鞋子挂在墙壁上，可有某个谐音和趋吉避凶有关？或者其他的象征意味？

思索了一会儿，他很肯定地说，没有。

我说，那么在波斯语中呢？

他说，没有。

我说，在马其顿语中呢？

他说，没有。

英语法语德语……？我“穷凶极恶”地问。

都没有……他皱着眉头在各语种中转换思索，之后斩钉截铁地说。

我不得已露出底牌。在汉语中呢？

他说，有的。壁鞋——辟邪。

我说，这就是文化了。恕我孤陋寡闻，不曾看到过有关鞋子挂墙这一民间习俗的起承转合，但我想这个古老的说法，应该是起自汉语的谐音。然后它在漫长的时间和广大的地域中辗转流布，以至于年代久远之后，人们已经忘记了最初的由来，只留下了这个说不清道不明的传说。传说的家乡已经模糊，只保留着最核心的祝愿。人们心同此理，渴望美好，避讳灾祸。不管是哪个民族的人，在这一点上殊途同归。

各国之间国境森严，只有风和传说能够跋涉千万座高山，蹚过万千河流，将祝福传递。

说到这会儿，饭菜来了。饭后，又有几个人去买了马其顿的小鞋子。

我说，买那么多，干什么用呢?

一女子说，我把它挂在墙上，在里面插上一朵花。既辟邪又美观。

想起了彩裙的伊斯坦布尔少女。只是马其顿的小皮鞋，没法贮水啊。

马萨达永不再陷落

马萨达是以色列死海边高昂的头颅。

马萨达这个名称，最早出现在希腊文手抄本中，在亚拉姆语中是“堡垒”之意。它位于死海西岸边的峭壁上，看不到丝毫绿色，和周围充满盐土气息的绵延小丘，没有大区别。马萨达山脚下的沙石大地上，绘有粗糙的水纹状痕迹，这位不拘一格的大手笔涂鸦者，乃是死海日复一日的咸浪。想当年这世界上最低的咸水湖，面积比现在要大，波涛汹涌。由于气候干旱变暖，死海不断瘦身，留下了这身宽体胖时的飘逸衣褶。马萨达凭山扼海，是绝佳的制高点。站在山下遥望，想

起让诸葛亮挥泪斩了马谡的“街亭”，似乎有某种神似。这里的易守难攻不言而喻，当年的人们如何解决水源问题呢？它的最终沦陷，是否和缺水也有关呢？怀抱疑问，开始上山。

从山脚到山顶，有两条路可选。一是乘坐箱形缆车，然后自己再爬 80 级台阶，即可抵达山顶的堡垒处。还有一条是呈“之”字形的粗糙土路，名叫“蛇道”，蜿蜒曲折。我胆怯地瞄了一眼，估计以我的体力，至少要两小时吧。

我年少时在西藏当兵，手足并用攀爬雪山落下了心理伤，凡有工具可借用时，必定偷懒。上了缆车，人们纷纷倒向右侧车厢，那一边可以看到正午时分的死海，如巨大宝镜，迸射烂银一般的强烈反光，晃得人睁不开眼。人又偏竭力想去看，个个眯缝着眼皮仄着身子，坠得缆车似乎都歪了。

马萨达海拔 50 米。你可能会说，原以为是壁立千仞的高山，原来不过区区 50 米。请注意啊，此处高度虽然以海拔标注，但周围却是低于海平面 440 米的死海。也就是说，马萨达高出周围海面计 490 米，峭壁和峡谷，刀剁斧劈般直上直下，让它显出桀骜的高耸。即使在今日，这突兀而起的与四周几乎完全断离的身姿，也属绝佳的军事要地。更不消说在 2000 多年前的冷兵器时代，它成为天造地设的堡垒之冠。

上得山来，马萨达的顶部倒很平坦，大约有 650 米长，300 米宽，像一幅巨大的土黄色桌面。放眼四看，它是森严堡垒和华美宫殿的奇异混合体。堡垒见过，宫殿见过，在同一个视野中，坚不可摧的防御工事和绚烂华美的宫廷遗址绞缠一处，比肩而立，你中有我，我中有你，真是第一次目睹。这两组遗址的使用主人是不同的，宫殿属于残暴多疑的希律王；萧索的古战场，则属于沥血而亡的犹太勇士。

希律王时期的建筑，包括宫殿、浴室、储藏室、居室、防御工事和供水系统，等等，设计精良，施工考究。残存的壁画栩栩如生，马赛克地板精雕细刻，还有硕大无朋的石头梁、千年不倒的罗马柱……显示着皇家的威严与工匠的鬼斧神工。有个足有几十平方米的宽大浴室，还可以看到地板下预留的半尺高的悬空间隙。导游请我们猜猜这是干什么用的。我们一脸茫然，想不出它的奥秘。我觉得可能是埋藏武器的地方，希律王怕有人趁他洗澡的时候加害，故备下暗器……但不敢贸然作答，怕说错了显得很蠢。导游告诉我们，这是 2000 多年前用来作为蒸汽循环加热的装置，类似今天的“地暖”设备。不得不叹服帝王之家源远流长的奢靡。待走出温暖的享乐窝，扑面而来的是森冷的断壁残垣，持续向人们释放战火纷飞时储存下的杀戮之气。

一只鸽子在岩壁上用喙啄水，紫褐色的头羽点得捣蒜一般。我原

以为这里有泉眼，走近来，才发现是一处如何向马萨达输水的模型，旁边放着一个矿泉水瓶子。想得很周到，游客若看不懂，可以用水瓶接了水，浇在模型的山麓上。水一洒下，等于撬动了机关，水会顺着山势，流向模型中的蓄水池。野鸽子们也深谙此道，时不时地来模型处喝水。马萨达聚水的法子，说起来复杂，其实就是将远方山脉降下的雨水，用一个复杂的集水系统收集起来，再经过暗渠，顺着辗转水道，让水最终流进峭壁西北侧的蓄水池。据说蓄水池总容积为四万立方米，可以提供丰沛的水源。

约瑟夫曾写道："希律王在每个地方都建造了蓄水池，这样他就可以成功地为住在这里的人提供水。甚至好像在使用泉水一样。"

谈到马萨达，必须说到约瑟夫。他是一个犹太历史学家。公元66年时，他指挥兵马，成为加利利地区反抗罗马帝国统治的犹太军队司令，不幸兵败被俘。此君后来投降了，归顺罗马军总部。就是他记录了有关马萨达的史实。

据他考证，在以色列哈希曼王朝，马萨达就修建了原始的碉堡。到了公元前40年至公元4年的希律王时期，这里开始大兴土木。这个希律王，就是《圣经》中记载的曾想杀害刚出生的圣婴耶稣的那个人。此君的残暴多疑，可见一斑。虽说罗马人一直庇护着希律王，不过来

自朝廷内外的敌意和各种潜在的威胁，还是让希律王忧心忡忡寝食难安。他在辖区内四面八方地搜寻，最后在死海边找到了这座孤独的峭壁之山。他设计了别宫加要塞的格局，为自己备下既可以享受也可以避难的场所。至今还可以看到能够凭栏远望死海的奢华宫殿（那时的死海距离山脚比现在要近很多，景色更为壮观），还有鳞次栉比的仓储室、营房、军械库，等等。天险和人工相得益彰，共同构筑了 1.3 公里长、3.7 米厚的带有很多塔楼的城墙。

希律王死后，罗马人占据了马萨达。公元 66 年，在以色列加利利地区，开始兴起了反抗罗马帝国统治的运动。不堪重压的犹太教徒，组织起来，身佩短刀，在闹市潜伏着，遇到有罗马人经过，就猛地扑上去，白刀子进，红刀子出，专门刺杀罗马人。这种短刀类似匕首，十分利于近战夜战和贴身肉搏，故此他们得了一个绰号——匕首党。匕首党英勇善战，辗转迁徙，从罗马守军手中，一举打下了马萨达。反抗者开始把这座孤零零的山岭，作为反抗罗马大军的根据地，拖家带口聚集到了马萨达。其中艾赛尼派的首领梅纳哈姆，在耶路撒冷被敌人杀害后，他的追随者们也逃到了马萨达。梅纳哈姆的侄子爱力阿沙尔，成了马萨达要塞的指挥官。希律王为自己享乐和防身所度身而做的宫殿，成了犹太教徒顽强抵抗的最后据点。他们在山顶各个地方

修筑工事，建造生活设施；把王室住宅分隔成很多小房子，挤住了很多人；还养了鸽子，主要是为了通信联络；还养了鸡，那是为了改善生活。他们还造了犹太会堂、议事大厅……总之政治、军事、生活设施，一应俱全。

公元 72 年，在提图斯占领耶路撒冷并且毁坏第二圣殿三年之后，罗马的军队，决定要拔掉马萨达这个眼中钉、肉中刺。希尔瓦率领大约 1.5 万人的罗马大军，包围了马萨达。马萨达是一座面积并不很大的孤山，把它合围成针插不进水泼不进的铁桶，并不是很难的事情。希尔瓦刚开始没想到这会是一场持久战，他认为山上不过是乌合之众，一看到大兵压境，加上断水断粮，挨不了多久就会土崩瓦解举手投降，或许不费一兵一卒兵不血刃呢。当时马萨达要塞有多少犹太人呢？真的不多，大约 1000 人，其中还有很多妇女儿童。如此寡不敌众，马萨达已是在劫难逃。铁壁合围之下坚守的时间有多久呢？各种记载不一样，有说几个月的，也有说三年的。就人们的感情来说，更愿意相信三年的说法。顽强和不屈，就像河流，旷日持久源远流长更值得人感佩。总之，在相当长的一段时间内，马萨达严防死守巍然挺立，让罗马人伤透了脑筋。他们心生一计，逼迫成千上万的犹太犯人当苦力。驱赶他们运送泥土，沿着马萨达的西壁，修建一道攀缘的坡道。用个通俗

点儿的比方，罗马军队使用浩大的人工，堆砌起了一架斜插山顶的云梯。

站在马萨达西围墙处，迎猎猎罡风，俯瞰这处长堤，会感受到它志在必得的凶险用心。再放眼，可看到山下平坦地，有八处呈长方形或是菱形的营盘痕迹，那就是罗马大军的驻扎地。以色列的四月，正是仲春，加之死海地势低洼，类似一面凹透镜，将太阳光聚焦于此，炙热已似馕坑。此刻山风如刺刀般尖锐地刺穿耳膜，全身不由得渗出冰冷。试想当年的马萨达将士们，也曾站在此处，目睹天梯一天天迫近山顶，那是怎样的惊觉和无奈？其实居高临下地打击修堤的犹太苦力们，并不是难事。马萨达山上有的是石头，现在还堆放着大如磨盘的石弹。抬起石块，一撒手，骨碌碌地滚下去，杀伤力肯定不小。但马萨达山顶的犹太人，觉得修堤的都是同胞，不忍下手。于是索命的长堤，就在罗马军吏的吆三喝四下，在守军眼皮子底下，一天天隆起，不断地长高，终于在某个晚上，长到就要抵达马萨达山顶了。铁打的营盘滴水不漏，土夯的巨蛇红芯吐焰，马萨达的每一个人都明白，末日近在咫尺，最后的时刻到来了。天亮时分，罗马军队必将攻占马萨达。

这一天是公元 73 年 4 月 15 日，也就是逾越节的前一天晚上。马萨达首领爱力阿沙尔发表了那篇著名的讲话。

“勇敢忠诚的朋友们！我们是最先起来反抗罗马的犹太人，也是

坚持到最后一刻的人。感谢上帝给了我们这个机会，当我们从容就义时，我们是自由人！为了让我们的妻子不受蹂躏而死，让我们的孩子不做奴隶，我们要把所有财物连同整个城堡一起烧毁。不过一样东西要除外——那就是我们的粮食。它将告诉敌人，我们选择死亡不是由于缺粮，而是自始至终，我们宁愿为自由而死，不愿做奴隶而生！”

话语在马萨达上空激荡，如同钢铁的风铃被飓风抽打，坚硬的声响摇撼夜幕，群星颤抖。

这是全体殉难的信号。但是犹太教律法规定教徒不可自杀，这就使得如何集体死去，成为一道难题。

约瑟夫在《犹太战争》中，记下了其后的惨烈过程：“他们用抽签的方式从所有的人中选择了十个人，由他们杀死其他人。每个人都躺到地上，躺在自己的妻子和孩子身边，用手臂搂住他们，袒露自己的脖颈，等待那些中签执行这一任务的人的一击。当这十个人毫无惧色地杀死了所有人之后，他们又以同样的方式为自己抽签。中签的人将先杀死其余的九人，再杀死自己……那最后剩下的一个人，检查了所有躺在地上的尸体，当看到他们已经全部气绝身亡之后，他便在宫殿的各处放起火来，然后用尽全身的气力将短刀刺进自己的身体，直没至柄，倒在自己的亲属身边死去。”

在马萨达遗址中，展示有最后抽签时所用的死签。是考古发掘出来的十一个陶片。每片上面都写有一个名字，其中一片写的是 ben Yair，是首领。其余十片可能是抽签出来杀死同伴的人的名字。人们指着第二排第四块陶片说，这就是那个最后抽到死签的人。

小小陶片里埋藏着多少深沉的苦痛和不屈！这该是怎样的无畏和担当！

第二天一大早，罗马人以为会遭遇马萨达守军的殊死抵抗，他们披上铠甲，搭好梯桥，对城堡发起了猛烈的袭击，不料迎接他们的只有早起的鸽子咕咕啼声。罗马人走入焦黑的城堡，没有看到一个敌人。正确地讲，是他们没有看到一个活着的敌人。殚精竭虑攻下的，不过是一座死城和 960 具尸骸。

我凝视着那块写着古老文字的陶片，思绪溯流而上，游走到了 1900 多年前。

月黑风高死期已定的马萨达山顶。抽到第一次死签（实际上是暂时活着的签。不过这种活着，需要比引颈受死更大的勇气）的十人以外的所有人，和自己的妻子儿女一起躺在地上，相互拥抱，彼此感受着最后的温暖。那十个人走向大家，锋利白刃一一穿喉而过。很快，地上血流成河。在杀掉了所有人以后，他们又开始了新一轮的抽取死签。

那个名字排在第二排第四个的人，领受了这一艰难使命……

思绪集中在最后那个勇士身上。据记载，当时城堡中共有 967 个人。这就是说，第一次中签的十勇士，平均每个人要杀死将近 100 个人，才算完成任务。被杀的人中，不但有共同迎敌苦苦守城的同胞，还有很多孱弱的妇女和熟睡的婴童。杀敌固然是一种勇敢，杀死亲人，更是需要异乎寻常的勇敢吧？连续杀死 100 个人啊，看多少鲜血倒海翻江飙射而出，听多少呻吟嘎嘎作响惨绝人寰！一剑封喉，手腕不能有丝毫抖动。动作要手起刀落干净利落，任何拖泥带水，都会增添亲人的苦痛……一串串热血烫弯了雪亮利剑，溅满了勇士残破的征衣。

当他们再次把写有自己名字的陶片聚拢在一处后，最惨烈的英雄被遴选出来了。他要继续杀人，鲜血之上，再铺新红。如果说刚才还是一支团队，这一次，他是彻彻底底孤独了，陪伴他的只有呜咽悲风。

他没有退路，只有不眨眼地杀下去，直到静悄悄的山顶，只遗有他一个人浓重的呼吸。他的工作还没有完，还需一个又一个地翻检尸体。如果有人残存一丝生机，他会毫不迟延地补刀，让所有的挣扎都湮灭在黎明前最稠厚的黑暗中。之后，他带上火种四处跑动，将一间间房屋从容不迫地点火焚烧。在火光的映照下，那满山遍野的鲜血，一定美艳如花。

一切都完成之后，天已经蒙蒙亮了吧？杀人放火，这不是简单的事情。人要一个个地杀，火要一把把地放。人要确保必死无疑，火要力求烈焰冲天。

在微茫的晨曦中，一抹猩红从死海东岸娩出，带着咸而湿的冷冽，一如渐渐暗凉下去的忠魂之血。

现在，他要完成最后一件工作了。他把短刀刺进了自己的胸膛，看着自己的鲜血喷薄而出，和天边的朝霞混为一体。按照教义，作为犹太教的教徒，自杀是不该的。他的忠勇成为叛逆。

死海的日出，有一种惊魂动魄的美。死海看起来无比清澈，水的浮力很大，手指在其中摆动，遭遇阻力，好像在黏稠的膏汁中搅动。死海比普通海水浓烈十倍的含盐量，让它成为地球上的奇特存在，你永远无法在死海沉没。在无风无浪非常平静的日子里，死海也会蒸腾似岚似雾的光影。绝不像普通水面在此刻会倒映出清丽影像。

一位摄影朋友说，死海总是莫名其妙地朦胧，在镜头中迷离。这或许因为它无时无刻不在蒸发，水汽抖动……水的盐分太高了，如同烈日下被暴晒的沥青路面。

死海的日出由于这种特殊的地貌，宛如从微沸的油锅里蹿起亿万朵燃烧的火炬，惊世骇俗。无数跳跃的光芒在黏腻的海面上飞速滑行，

如同金红翅膀的鲲鹏展开血羽，以迅雷不及掩耳之势席卷而来，俯冲着扑到了马萨达山下。无际光焰卷起滔天银浪，镀亮了山崖。

也许有人会说，既然马萨达的勇士们都集体殉难了，后人如何知道这可歌可泣的故事？是不是编撰出来的？

原来，有两个妇女和五个小孩儿躲在一处蓄水池里，得以在集体殉难中幸免。一名妇女历尽艰辛，找到了犹太史学家约瑟夫，向他叙述了亲眼所见的故事。人们因此得知了罗马军队破城之前发生的一切。从此，犹太人亡却了家园，足迹从迦南大地上蹒跚远去，背影流散到了世界各地。

在犹太民族的历史上，马萨达于是成为英雄主义的象征。这里曾经以少抗多以弱抗强，当失去赢得宗教和政治上独立的希望之时，万众一心地选择了用死亡代替被奴役的命运。这是理想主义的千古绝唱，这笔精神遗产，不仅属于犹太民族，而且属于整个人类，反抗压迫的斗争精神将永远不朽。

以色列国防军每年都会在马萨达举行庄严的仪式，以纪念英烈。在以色列，参军服兵役是每一个公民的神圣职责，男子 36 个月，女子 24 个月，谁也不能当“逃兵”。入伍后的第一课，就是到马萨达瞻仰，这里是爱国主义教育基地。每一个新兵，必得从山脚下沿着那条我望

之生畏的蛇道，以最快速度爬到山顶，然后对着飘扬的国旗宣誓。还据说，摩萨德——也就是全称为“以色列情报和特殊使命局”（它是由以色列军方在1948年成立的。与美国中央情报局、苏联内务委员会“克格勃”一起，并称为世界三大情报组织）的人员，不单要徒步攀爬这座陡峭的堡垒遗址，而且必须是在夜里，在熊熊火把的映照中起誓。

既然是宣誓，就一定有宣誓词。我听到了两个版本。第一种是：“马萨达永不陷落！”第二个说法是：“马萨达永不再陷落！”

两个版本，相差一个“再”字。我特别请教了一位希伯来语的博士，她说，那句宣誓词最准确的翻译应该是第二个——马萨达永不再陷落！

一个“再”字，寓意深刻。它说明马萨达曾经陷落过，但这样的悲剧，以色列人民再也不允许它发生了。他们必将用生命保卫马萨达，当然也包括整个国土。

“陷落”是一个可怕的词。世界上很多地方很多城市很多国家，都曾经陷落过。原因不外乎天灾和人祸。长安的陷落、罗马的陷落、君士坦丁堡的陷落、巴黎的陷落、南京的陷落……陷落之后是血泊和杀戮，是肝脑涂地和尊严尽失，是文化的倒退和文明的坠毁。

来自大自然所致的陷落，多因为山呼海啸。人世间的陷落，就一定源自有人前来攻占，抵抗不及，于是沦亡。如果杜绝了攻占，就不

会再发生陷落。

国与国之间所有的攻伐，说到底，是为了争夺资源和空间。

面对无法调和的利益之争时，如果不想进入殊死的博弈，人们通常会说——把“蛋糕做大一点儿”。意思就是只要利益变大变多，所有参与其中的人都可以多分到一块，可能就会化干戈为玉帛，平息争端，缓和冲突。我以前觉得这是一个好方法，各方各得其所，谁的利益都不受损失。直到2008年春夏，我买一张船票环游地球。三个多月绕地球一圈航行下来，最重要的发现却是——地球这块蛋糕，不可能做得更大了。它就那么大，没有任何法子让地球长个儿了。

其实，这是一个非常简单的道理，不用走那么远的路，花那么多的旅费，只要坐在房间里动脑筋稍微想一分钟，就彻底明白了这件事。世界上的事情，有时真是诡异。越简单的东西，越是要付出大代价，才能参透。地球上所有发生过的领土之争，说到底就是资源之争、空间之争、尊严之争。巴勒斯坦地区只有三万平方公里，大家都要有生存的权利。争取持久和平，让每一座城市都不再陷落，是所有爱好和平的人的共同愿望。人类必须找到兼顾所有人最大利益的平衡点，这个星球才能平安。那种为了自己的利益，以剥夺他人的生存权为出发点的“陷落”之战，是再也不能重演了。

我相信马萨达永不再陷落！期待世界上所有爱好和平的人民和地区，都永离陷落！保证这个世界“永不陷落”的支点，原本就掌握在文明人类自己手中。

死海按摩

站在死海边，影影绰绰看到对岸的房屋，比这边要高大漂亮。死海经常有雾，眺望远处，好像隔着一盆巨大的热水。

那边是以色列。约旦人告诉我。

那时的我，没有奢想到对岸去。我这个人，遇事不悲观，但也算不上太乐观，多抱听天由命之心，凡事难得有太具体的期望。比如在国外看到壮美景观，很多人常说的话是：我一定还要来！我就很没出息地想——够了。此景只应天上有，一辈子能看到一次，已是莫大幸运。不再祈求更多了。

我父亲 20 世纪 70 年代曾任新疆吐鲁番军分区政委。那里是全国最著名的低地，海拔为 −154 米。从此我便对低凹处格外留意。吐鲁番有一景，名艾丁湖。当时介绍说艾丁湖是世界第二低凹的盐水湖，仅次于死海。

我兴致勃勃地赶到艾丁湖，看到的是无边盐碱沼泽，湖水几乎干涸，赭的沙砾和白的盐壳粘在一起，仿佛大地残破的盔甲。然虽是丢盔卸甲，质地仍坚硬无比。我在那里没有看到任何动物，没有地鼠，没有飞鸟，连蚂蚁也未曾见。苍黄中带着嶙峋绿色的碱蓬与抗盐的不知名的野草，披头散发萎靡不振地贴附在白花花的地表上，随着漠风起伏，算是另类的“波光粼粼”。

为什么说它“波光粼粼”？因为湖水虽然枯了，但沙层依然保持着当初波浪翻滚时的姿态，留下抑扬顿挫的节奏。

我自言自语，怎么就干了？

陪我来艾丁湖的维吾尔大叔，长相有一点儿像库尔班吐鲁木老人家，也有茂密的大胡子，只不过尚未全白。他说，水嘛，原来有的，后来嘛，慢慢没有了。天上雨少得很，白杨沟河的水也小小的。来一个水，太阳晒走 200 个水。慢慢慢慢地就干了。你要看水，远远远远地朝里面走，西边还是有一点点水的。艾丁湖在我们的话里，是月光

湖的意思。最早是满月，现在只是月牙了，新出来第一天的月牙……

酷热，气温大约有 45 摄氏度，不忍看没有水的湖泊，谢了库尔班大叔，我独自离开焦渴的湖区。

艾丁湖是 2.49 亿年前喜马拉雅山造山运动的产物。没想到，世界第二低地，居然和世界上最高耸的山脉沾亲。魁伟挺拔的大哥，有个黄皮寡瘦的小妹，身段匍匐在海拔之下。不过遥想亿万年前，艾丁湖也曾风姿绰约丰满饱胀过，那时它裙裾飘飘，是近 5 万平方公里的内陆海，无边汪洋。

去过了第二，向往着第一。

死海是东非大裂谷逶迤龟裂的最北端，西岸为犹太山地，东岸为外约旦高原。中国古代有一凶猛瑞兽，善吞万物而不泄，纳食四方之财皆为己有，名为貔貅。死海可称为水界貔貅，只有入水口没有出水口。约旦河自北方流入这片被称为“地球的肚脐眼”的洼地，每年慷慨地向死海注入 5.4 亿立方米水，另外还有 4 条不大但常年有水的河流，从东面涓涓注入。倘死海有知，应衷心感谢约旦河等一干人马。它们粉身碎骨地投入，死海才能历经亿万年高蒸发量的折磨，尚能长袖善舞。1947 年时长 80 公里，宽 18 公里，享有 1020 平方公里的面积，现在只剩一半了。湖面平均深 300 米，最深处 415 米，一眼望过去，湖水呈

深宝蓝色，非常平静。海面上没有任何船只航行，湖水蒸发形成浮动的浓雾，让它神秘莫测。

湖岸荒芜，几无居民。关于死海的名称，最直接的解释就是这里没有植物和动物。盐分极高，且越到湖底越高。这么说吧，海水含盐量为 35‰，死海的含盐量在 250‰。深层水中干脆到了 327‰。是普通海水的 8 ～ 10 倍。每 1 公斤死海水里，就有 1/4 以上的盐。吓死人！不幸从约旦河游来的鱼，一进死海瞬间死亡，变成了咸鱼。

凡奇异之处，必有传说。据说远古时候，此地男子骄奢淫逸多恶习。先知鲁特劝他们改邪归正，但他们充耳不闻拒绝悔改。上帝决定惩罚他们，便暗中谕告鲁特，叫他携带家眷离开村庄。且告诫他离开村庄以后，不管身后发生什么事，万不要回头去看。鲁特在规定时间离开了村庄，走了没多远，妻子好奇，偷偷地回过头去望了一眼。瞬间，村庄塌陷了，出现在她眼前的是一片汪洋大海，海水苦咸。

这就是死海。上帝惩罚那些执迷不悟的人：让他们既没有水喝，也没有水种庄稼。据说那个女人化成的石头现在还立在那里，不过我没有看到。

不知道为什么，在世界各国的古老传说中，都有悲惨地化成石头的女人。通常是为了爱情而张望太久，这一次是因为回头看。也许，

人生是不要回头看的。非要看，你就变成了石头。我另外得出的结论，上帝是烂熟心理学的惩罚原理。第一是狠，你做不到不折不扣地服从，偷吃了苹果，就被赶出家园。你回头偷看，就变成石头。第二是要快，扫地出门，刻不容缓。变成石头，更是眨眼间的事。第三个是要广为传布，众所周知，以示警诫。关于蛇和苹果的故事，是这个世界上流传最广的故事吧？那女子变成的石头，至今兀立在死海边，成了反面教材。被人指指点点。

终于来到了约旦的死海对岸，住进了遥望中高大美丽的房子。

死海边建有很多疗养设施。最早的建筑簇拥在死海边，类乎我们的湖景海景房。后起的建筑，距离死海边就比较远了，要乘一种小型的电瓶车往返。

死海漂浮，是最叫座的活动。所有的人都尝试着把自己的身体平摆浮搁在水面上，让一种不可能变为凡常。不要以为死海浮力大到了人沉不下去，这个动作就毫无难处。淹不死是一回事，让你能够面露悠闲惬意躺在水面上潇洒晒太阳，那是有技术含量的。

一脚踏入死海之水，如同猝入狂风之中。虽然表面上波澜不惊，巨大的阻力无所不在地包绕着你，让你迈不开步。你不可能在死海中游泳，哪怕你原来是游泳健将。理由很简单：这个水不是普通的

水，是富含盐类的高浓度的浆。刚才说过，死海水富含盐，比重高达1.17～1.32，而人体的比重只有1.02～1.09。就像你不可能在飓风中完成一套标准体操，强大的风阻会不容分说地修改你的动作。死海水使你彻底改变了水是至柔之物的俗念，你被迫放弃了在水中随心所欲的习惯，屈服于水与盐合谋之后的强大制约。

正确的姿势是你先平稳地站在水中，然后缓慢走到稍微深一些的水域，把一只手臂放入水里，这样另外一侧手臂或腿便会浮起。把背像一块木板绷紧并倾斜，缓缓插入到海水中，逐步试探着平躺，直到完成安稳的仰卧式状态。

在这个过程中，你要充分相信死海水的浮力。这个信任度既不可太大，比如你以为无论怎样仓皇入水，死海都会像温柔的床垫把你托举起来……切记并非如此，死海没有那样柔曼体贴，它是一个有着强烈自主意识的刚硬存在。但也不能不相信死海，以为它没有法力承接你的肉身。死海完全有这个本事，只要你把自己平稳地摆放其上，死海就能成为你平铺直叙的铺板。

我很奇怪为什么没有人详尽地描述这个过程，让很多人吃了苦头。如果不得要领，被死海教训一下那是不由分说的。忘乎所以跳入海中，贸然戏水，晶莹剔透的死海水，就会珠圆玉润地溅入你眼。如同奇诡

刑法，痛楚令你骇然大叫。你要事先带一瓶淡水，放在岸边。这样一旦惨剧骤降，马上冲洗，尚可挽狂澜于既倒。不然的话，你必须流出足够悲痛的热泪，才能以这种较淡的盐水，冲刷较浓的盐水……

你不幸吞入了死海水，那滋味也会令人终生难忘。它不但极咸（你可以想象一下把300克盐，融入1000毫升水中的滋味），外加多种矿物质协同作战之后的苦和涩。当它舔过腔内之时，以烈焰撩拨形容都是仁慈的，简直就是火红棍子沿着喉咙下戳。以我的医学知识判断，食道黏膜表层会被它瞬间凝固。如果不幸将海水咽到胃中，欲吐不能，连带肠胃受损，会难受好几天。

另外亲切提示，确保自己在浸入死海之时，体肤完整白玉无瑕。不然的话，你就会在第一时间，感知锥心刺骨的剧痛。不论是蚊虫的叮咬，指甲的划伤，还是不小心的磕碰，无论多么细微，都狼烟四起，向你紧急报警疼痛。什么创可贴防水药膏一律不管用，你唯一能做的就是足够的思想准备，忍着乱针般的刺痛在水中遨游。

岸边的盐晶坚硬带刺，日照之下，闪闪发光，可和钻石媲美。走在上面，就不那么美妙了，犹如铺设了一席铁苍耳的地毯。第一次到死海边，我感叹它们的美丽，取了一小块包在餐巾纸里。回到家后满怀希望地打开，看到的是一小撮盐末。

说了这许多死海的坏话，来说说死海的好吧。

虽然满身伤口去游死海，考验意志，但无论怎样痛灼，请你放心，不会感染。那么高的盐分，早把细菌病毒统统杀死。

人漂浮死海，就暂时地借用海水力量，对抗了地心引力。你的肌肉不必负担保持你姿势的压力，它们略带紧张但是好奇地进入了逐渐松弛的状态。平日和我们寸步不离的重量感不可思议地丢失了，意识进入玄妙的虚无状态。有人说在死海中漂浮40分钟，相当于沉睡8小时，可以忘却烦恼，身心松弛。

恕我直言，人在死海中不可能悬浮那么长的时间。想想看，一条青翠的豆角浸入30%左右的盐水中，细胞会脱水，渗出浆液，它的表皮会皱缩宛若咸菜。如果你不想变成一个“闲（咸）人”，第一次浸泡最多以五分钟为限，请见好就收，早早上岸。如果你能在死海边多住几天，据说随着慢慢适应，可以相应延长时间，每天延长两分钟。记得千万不要在正午烈日当头的时候在盐水中待得太久。死海地势低洼，烈日如火，如同凹透镜，光箭聚焦靶心——那就是你的身体。身下是镜面般的死海水面，毫不吝啬地闪射强光，你很快就会脱水灼伤，如同半熟的鱼啦！

来到死海的客人，都会做死海SPA。SPA这两年叫得很响，其实

就是泰式按摩。发明者其实不是泰国人，而是印度王的御医吉瓦科库玛。僧人们把他的医疗手法传入了泰国，在异国他乡发扬光大，成了强身健体治疗劳损的利器，据说已经流传了4000多年。

中式按摩注重的是经络和穴位调理，泰式按摩似乎更在意活动关节。按、摸、拉、拽、揉、捏十八般武艺齐上阵，自下而上从足部向心脏方向进行按摩，力道像鹰的羽毛渐次掠过身体，能快速消除疲劳。据说除了促进体液循环，保健防病之外，还有健体美容的功效。于是俊男靓女们不管有病没病，都趋之若鹜。

死海SPA可不讲究这些手法，最大的利器就是那一摊摊死海泥。

当地人告诉我们，死海泥是宝贝，可以分解为硅盐、锌盐和溴盐以及一系列稀有元素的化合物。它能清除老化皮脂，消除疼痛，愈合伤口，并且增强组织再生能力，让肌肤恢复弹性与光泽。

如果你初次SPA后，第二天感觉到有关节酸痛，那么恭喜你，这就是疗效显著的指证了。死海中的锰和钠等元素还可以促进头发生长。早在公元前3000年，也就是距今5000年前，死海边就建立起了专业的护肤品生产工厂（估计就是挖出死海泥加上一些香料打包运走）。从死海边山洞的坛子里发现的古卷记载着，争夺宝藏的战争从未停息过。埃及艳后克娄巴特拉，刚登上王位，就撺掇情人安东尼攻占今天

的以色列区域，其重要目的之一，就是在死海边建立皇家美容工厂，制造自己专属的美容产品。在这个女子震惊世界的美丽中，死海泥立下了汗马功劳。

别以为死海泥俯拾皆是，泡在其中的人，自己就能完成死海泥的敷贴。假设你艰难地蹲下身体（因为盐水的阻力太大，使得平日轻而易举的动作，变得不容易），在死海的泥床上，用力地抠下去，就剜出一块黏黏糊糊的泥巴，然后你同样艰难地抬起手臂（同理，要穿越黏稠的死海盐浆），攥着手心举出水面。手中的死海泥流淌得所剩不多了。你把它涂抹在身体上，再一次下潜到死海底……可惜第一次涂抹在身上的死海泥已经干了……

所以，在死海边自力更生做死海 SPA，理论上可行，实操很难。本想把身上涂得像个兵马俑，最后落荒而走。

也许有人说，躺在死海岸边，钻入泥滩，用泥把自己包裹起来，岂不也能成就天然 SPA？

痴心妄想啊！死海岸边不是泥土和沙砾，而是尖锐的食盐晶体。四角尖锐，稍有不慎，就会把你的脚掌扎破。胆敢糊上身，痛死你！

SPA 室要预约。不苟言笑的护士小姐，示意我到 12 号 SPA 室。屋子很宽敞，洁白的床上铺着一张巨大的塑料布，其他没有任何设施。

我正揣测死海泥在哪里呢，进来一位金发碧眼的 SPA 师。

她对我说，请您先到淋浴房里，冲洗干净。然后穿上这套 SPA 服。

所谓的 SPA 服，是一套无纺布做的背心内裤，还有一顶白色浴帽。虽说是白色的，因为质地很薄，看起来像半透明的塑料袋。

我略迟疑，这东西穿在身上，估计和不穿没太大的区别。

SPA 师看出了我的疑惑，告诉我说，因为过一会儿会把死海泥敷在身上，实际上没有人能看到你的身体。想想也是，死海泥如铠甲护身，什么衣服都没它遮挡力强。

浴室里摆满了洗浴用品，在资源有限一切厉行节约的以色列，这种安排的用意，只有一个：希望所有做 SPA 的客人，都把自己洗刷得一干二净。估计不清洗净，死海泥的效用就无法达到极致。洗心革面之后，穿上形同虚设的 SPA 服，走出来。站到 SPA 师面前，有点儿不好意思。说实话，我这一辈子还真没和一个洋人，如此坦诚相见。

SPA 师露出职业性的微笑，示意我在 SPA 床躺下取俯卧位。

截至目前，我还没有见到这次活动的主角死海泥呢。这房间里该不会有一条大的输泥管道，SPA 师一拧开关，就会有源源不断的死海泥涌流出来，如同泥石流一样，把我埋起来吧？

幸好没有那般险恶。SPA 师推来了一个车，车上有大塑料袋，体

积和 50 斤富强粉面袋相仿佛，内容物漆黑一团，正是来自死海深处的泥浆。她把塑料袋拉链打开，将死海泥倾倒在我身上，SPA 正式开始。

从 SPA 师拎起泥袋的麻利劲儿来看，估计长年干这活儿，手指很有力量。

死海泥在我身上慢慢蔓延，刚开始感觉到的是一种混凝土般的重量，然后是一种煮好后凉了半小时的热粥糊上来的温热。我惊讶地发现，死海泥已被加工成温热的，比体温略高。有一种温暖的力度渐渐将身体包裹，越来越沉。SPA 师将大袋的死海泥浇注在我身上，好像我是一根水泥桩。平滑的泥浆沿着身体轮廓堆积，突然很不合时宜地想到——人被活埋的时候，大同小异。

SPA 师用她的手指，在我的后背蜻蜓点水般地掠过。完全不是按摩——既不是中式的，也不是泰式的。她只是将没有分布均匀的死海泥浆抹平，像一个负责的瓦工，不让地砖背后的水泥存在空白。

当我以为 SPA 师将有进一步动作的时候，她用纤纤细指将那块塑料布包裹起来，然后向我做出嘴角上翘的表情，引导人觉得那是一个微笑。她说我如有不适，可以用铃呼唤她。然后飘然而去。

留下我在黑黝黝的死海泥壳里，浮想联翩。

我的一位朋友，是开 SPA 店的，生意兴隆。她说，你知道什么人

最爱进 SPA 店?

我说，不知道。

有些人的问题，是不允许你不回答的。他们会在追问中，获得快感。

女友恰是这种人。她换了方式卷土重来，问，你觉得是男人还是女人爱做 SPA ?

我说，男人吧。你没看到那些突袭整治的活动中，逮住的多是男人。

她愤然了，说，偷换概念。我说的是正规 SPA，不是香艳场所。

我道，那应该是女人多吧。

她笑起来说，恭喜你答对了。反正我的店里，做 SPA 的女人多。

我说，那你店里的 SPA 师，是男的多吧?

她义正词严地说，我店里的 SPA 师，都是女的。

我肃然起敬，说，那你是如何用一些女人把另外一些女人忽悠来做 SPA 的呢?

朋友不理睬我的挑衅，说，女人们自愿来做 SPA，我那里都是回头客。

我说，SPA 有什么魔力吗?

朋友说，爱做 SPA 的女人是有特点的，她们多已过了女人最好的时光。很年轻的女孩，很少有人坚持做 SPA。

我说，是否你心狠手辣收费太高？

朋友说，我是明码标价买卖公平。这么说吧，最爱做 SPA 的女人，除了剩女，就是离了婚的女人。

我说，这又是为何呢？

朋友说，SPA，说白了就是人与人之间的抚摸。大龄女子，没有人爱抚，皮肤就饥渴了。她们多是正经的女子，不是随便让人摸的，只有花钱来做 SPA。离了婚的女人，原先尝过抚摸味道，陡然间消失了，皮肤就呻吟。她们被自己的身体搅得烦了，就找到我的店里来。皮肤不管那么多，只要有人精心地一寸寸地擦拭过它，它就知足了。时间长了，它还会上瘾呢。所以，我对服务员说，请尽心用力地抚摸，是不是 SPA 的正规手法，并不是最重要的。重要的是，你爱惜了她的肌肤。

我不知道是该赞同还是反驳她的话。对于 SPA，我不懂，但对于皮肤的功能，略通一二。

皮肤有六种基本感觉，即触觉、痛觉、冷觉、温觉、压觉及痒觉。其中触觉又包含了至少十一种截然不同的感觉系统，如接触觉、滑动觉，等等。遍布人体体表的全部面积，说白了，就是人的游离神经末梢的终端。它们密连成网，万分敏感。遇有刺激，就持续放电，传导到中枢神经系统。

拿手指尖打个比方，平均每平方厘米分布有 2500 个神经元。能对仅重 20 毫克的飞尘做出反应。这种功能，人还在母腹中就熟练掌握了。你没看到那些准妈妈经常抚摸自己的腹部，小小的胎儿就感到安全，用肢体活动回应母亲。

千万不可小看了我们的皮肤，它可是名门贵胄。它和大脑共同发源于人体胚胎的第三层，也就是外胚层，和我们的整个神经系统是同门兄弟。说简单点儿，你可以把皮肤看作是人脑的外层，神经系统的延伸。

人们的皮肤是需要刺激的，用“爱好”来形容这种需求，嫌温良了，简直就是癖好。

中国有句俗话，父母打孩子的时候常说：“你皮痒了，找揍啊？”

在那些长久被父母忽视，没有抚摸也没有碰撞的孩子那里，我真见过为了能让父母的手掌和自己有所接触，他们不惜惹是生非讨得一顿打，以安抚皮肤的焦渴。当然，打人的人和被打的人，对此都不自知。为了让我们的孩子更少调皮捣蛋和逆反，有的时候，只需要母亲父亲爱抚的触摸。君不见在动物那里，舐犊情深是一段佳话。

记得小时候，常见有些男孩子无事生非地在墙角处挤成一团，咯咯地笑，而且轮换着到最里层去，那里压力最大，身体的各个部位都

会被挤压到，好似丰收的葡萄串最内里藏的那颗。那些不受重视的孩子，即使在这样的游戏中，也被甩在最外层，只是“挤”的动力，没有享受被挤的资格。这个游戏，被男孩子们称为“挤油油”。我曾经百思不得其解，后来学了医学，才明白这是缺少爱抚的孩子们的自救。

恋爱中的男女，是一定会抚摸的。至于接吻，那就是定向的黏膜与黏膜之间的抚摸，原理同上。

开店的朋友对我说，我还要开发一些模拟情人间的抚摸动作，会让人们接受按摩后，念念不忘欲罢不能。

我吓了一跳，说，纵是同性，这样也不大好吧？

朋友说，看你想到哪里去了！我主要让按摩师抚摸她们的背部。背部这个区域很古怪，按说你露出脊背并不涉及敏感区域，穿比基尼的女子，大幅度地裸露后背，是女子身上最不怕曝光的部分。但一个人最不能自触的部位，非背部莫属。只有另外一个人才能不遗漏地触抚你的背部。小的时候是父母和亲人担当此责，成人之后就只能由伴侣承担。背对于女子是神奇的，按摩的频率不要保持均一。人不是机器。力度忽轻忽重，更有梦牵魂绕的感受……

对于这番奇谈怪论，同意难，反驳也难。

当小孩子受到惊吓而惊恐不安啼哭不止的时候，最有效的方式就

是把他抱起来，紧紧搂住，抚摸他的头顶和肢体，孩子就会神奇地安静下来，因为他知道有人在疼惜他保护他，他是安全的。别以为只有儿童才嗜好大面积的身体接触，就是成年人，也难逃窠臼。比如朋友沮丧不安孤独退却时，你伸出温暖的臂膀，搭在他的肩头，就如同一管强心剂注入，他会体验到有人同在的安然。知道自己并没有被整个世界抛弃，起码此刻你就陪在他身边。勇气渐渐回到身上，能量一点点积聚起来……初次会面的人凭借着握手，也能感觉到对方的温度与力度，做出是敌是友的初步判断。人们渴望彼此相亲相爱，是原始本能的呼唤。

反之，那种根本不体察对方的需求，不尊重对方的界限，一厢情愿贴抱，就是冒犯和袭扰。说得更严重些，就是进攻和侵害。因为它违背了良知和社会道德规范。

我对朋友说，但愿你的 SPA 师，完成对人的关爱和商业的丰收。

我窝在黑泥中胡思乱想。泥是单纯而温暖的，没有任何气味（我想象中似乎应该有类似臭鸡蛋的硫化氢味道，但是，的确没有），就像纯净的盐，没有气味。它们随体赋形，将一种温和的力道赋予我。它们的重量和能量，缓缓地潜入我的身体，如同暗夜雄浑的风。

大约半小时之后，黑泥 SPA 接近尾声。身穿黑色工作服的 SPA 师

无声地回到房间，示意我时间已到，请冲刷死海泥，SPA 到此结束。我从塑料布里钻出来，好像冲开一只巨大的黑蚕茧。

把自己收拾利落之后，我问了 SPA 师一个问题。

你们的 SPA 似乎不怎么讲求手法？

这不能称之为 SPA。没有什么手法，我们有的只是死海的水和下面的泥。我们只依靠这些天然之物，它们蕴藏神奇的力量会帮助到你。不过仅此一次，不会有非常显著的效果。你要住下来，慢慢地享受死海的馈赠。

SPA 师临走的时候，指了指我的耳朵微笑。不知何意，凑到镜前一照，才发现耳轮下方没洗干净，还有一小块死海泥牢固地贴在那里。再度冲洗后，我走出 12 号 SPA 室，身心轻灵。我不知道是 SPA 的功效，还是这里的空气格外有治疗效果。

死海疗效最有说服力的一点是——这里海拔低，此地为地球表面气压最高的地方，空气中的氧分压也最高。人在这里如进入高压氧舱，神清气爽，呼吸畅快。如此说来，虽死海名中有“死”字，却是地球上充满活力的地方。

“淑敏”是什么意思?

以色列的安检，是我走过的几十个国家中最冷峻缜密的一个。

还没出发，就感受到了前所未有的凌厉。首都机场国际候机楼，前往以色列的客人在特定区域单独排队，独立进行安检。有以色列护照专排一队伍，进行得比较快，我等非以色列公民，逐个被安全检查官员约谈，进行安检面试。

整个过程进行得很慢，站得人腰酸背痛。等候了大约一小时，才轮到我。记得在某国使馆面签的时候，也在大厅里经历这种旷日持久的等待。人烟密集，可用摩肩接踵形容。那一次加之正是夏季，人因

为紧张等候而烦躁，汗液里就会分泌出令人不安的荷尔蒙。一个人紧张不要紧，要是一大群人都陷入焦躁不安当中，空气就具有了传染性。我原本还有些定力，此刻也不由得想念大厅外面干燥的热，起码空气在树叶中穿行。

之后我遇到了一个对签证有所研究的朋友，谈起这经历，我说，还不如晚点儿把大家放到那个厅里呢。进去了，以为面试马上开始，不承想又等了大约两小时。人为地制造紧张。真应该给那个国家的大使馆提提意见，不要把签证过程变成苦刑。

朋友笑笑说，幼稚了你。故意的。

我说，什么意思？折磨大家是故意的吗？

朋友说，不是折磨，是让所有的人等待。其实，签证的遴选过程，在你等待的时候已经开始。你想啊，若你真是恐怖分子，这样长时间的等待，你会怎么样？

我困惑地说，我不是恐怖分子，真难以设想自己的心情。

朋友说，一般的恐怖分子，并非像演员那么会演戏，也以为签证还没有开始，自己不被监视。所以，他们在这种漫长时间的等待中，也许会露马脚。这种等待，本身就是甄别。你想啊，若是一个别有用心的人打算蒙混过关，如果很快地就进入了检查，他肯定做了很好的

准备，几分钟是容易对付过去的。如果这个时间延长为几分钟的几十倍，是不是对他的压力就大了？所以，等待是一种故意。

我不知道在以色列安检区域的这种等待，是不是也寓有这一层深意？总之，如果你要到以色列去，第一你要早到机场，留出充分的时间。第二你不要以为马上就要通过安检仪了，就把身上带的水早早倒掉。这个过程相当烦琐，你会口干舌燥，心中烦闷。有点儿水润润嗓子，对调整情绪宁静地回答安检官的问话，相当有好处。

恕我不在这里详细地写出北京离港时安检的内容。和马上我写到的从耶路撒冷离开时的安检相比，北京已万分仁慈。

结束以色列的旅游后，我们就要从本·古里安机场离境。翻译对我们说，请做好思想准备。安检很磨人的。要几小时。

我们说，知道知道。来时已经经历过一次了。

翻译正色道，比来时要复杂得多！

我们说，一般的国家，人来的时候检查得比较严，走的时候，就比较松了。对吧？

翻译说，以色列不一样。每个人的行李，都可能开包检查。

我们说，真的吗？我们是亚洲人，和恐怖分子也不属于一个宗教，也会这样严格吗？

翻译翻翻眼睛说，看运气吧。

特拉维夫本·古里安机场里人头攒动。黄色面孔聚集着，盖因晚上有飞往北京的航班。很多人看起来像是长期户外操劳的，脸色被炙热的阳光烤成黑红色。

有了离港时的经验，我不心焦。极缓慢地随着队伍前进着，等待安检面试。大约排了一小时之后，终于轮到我了。安全检查官是犹太人，据说虽然以色列国内有 100 多万阿拉伯人拥有以色列国籍，但机场不会让任何一个阿拉伯人担任安全检查官。

那是一个很严肃的小伙子，拿过了我的护照。一页页仔细地翻验着。通常我们在其他国离境的时候，海关只查验你有没有合法的入境手续和你停留时间上是否有瑕疵，并不会把你的护照仔细阅读，好像那是一本引人入胜的童话书。

渐渐地，他的脸色严峻起来。说，这是你的护照？

是的。我回答。心想，这能算一个问题吗？

他说，你等一下。然后就走了。

因为安全检查官走了，我们这列队伍的安检面试就陷入了停顿。后面的人问我，你怎么啦？

我也莫名其妙，心想他也没有问我更多的问题，我的回答只是简

单的几个字。也没有什么不妥啊，那就是我的护照，我也没说是别人的啊。

等吧。少安毋躁。我相信，总会有人出来解决这个问题。

翻译悄声对我说，可能是你的护照出了问题。他什么都没问呢，就请示上级去了。估计一会儿来的是他们的头儿。

我说，兵来将挡，水来土掩。人家问什么，咱就如实回答吧。好在并没有让我们等待太长的时间，几分钟之后，一位身材高大算得上是美丽的女警员，走了过来。

我之所以不敢肯定地说她是个美人，是她脸上的神色太森冷了，让人不敢放肆评价容貌。

她也从同样问题开始。这是你的护照吗？

是的。我回答。记得临出发的时候，一位到过以色列的朋友对我说，过安检的时候，千万不要调侃和开玩笑。回答力求简洁明了，别迟疑，也别啰啰唆唆说废话。安全在以色列是万分紧要的事情，万不要当儿戏。

那么，请回答。你为什么在最近一段时间内，连续地去了四个阿拉伯国家？美女安检官目光炯炯。

我的确是在此前一年多的时间内，去过……我一边回忆一边轻声辩解道：只有三个。

美女强硬地更正，叙利亚、约旦、伊朗……不是三个，是四个，还有阿联酋。

啊，对！因为到叙利亚是从阿联酋转机的，顺便在迪拜市里待了两天，转了转。我一时粗心，把它给忘了。我的护照上留有阿联酋的出入境章。

美女追问，为什么？

这么密集地去阿拉伯国家旅游，的确是有原因的。

那一年我乘“和平”号环游地球，途中发起为中国汶川地震募捐。善款筹到后，为了能在第一时间送回这些美金、日元、欧元，等等，我半路下船飞回中国，到中国红十字总会捐了这些钱。之后到北川中学讲了课，然后又再次出发，在欧洲西班牙重新追上了那条船。我回国的那段日子，“和平”号正好经过阿曼、约旦、埃及、土耳其等信仰伊斯兰教的国家，我就没赶上。过后我想了解世界的脚步别留死角，要尽可能多了解一些不同的文化，因此就想把中东地区补补课。另外一个原因，就是在那一次的环球旅行当中，没有以色列。但毫无疑问，以色列是非常重要的文化策源地，作为一名作家，我一定要去以色列。

由于巴以冲突的原因，据说一个外国人，如果你去过以色列，很多阿拉伯国家就会拒绝你入境。反过来，以色列比较宽容，如果你去

过阿拉伯国家，也会发给你签证。得知这个信息后，我询问过有关的阿拉伯国家相关人员。我说去了以色列就不能入境的说法，是一个传说还是真的？

阿拉伯人回答，这是真的。如果你先去过以色列，再到我们那里去，就算是这边发了签证，到那边入关的时候，也会被拒绝入境。前不久，刚刚发生过这样一起事件，那个人就只好在我们国门之外回来了。

中东的阿拉伯国家是我想去的，以色列也是我想去的。鱼和熊掌，我都想得。相权之下，我决定先去阿拉伯国家，后去以色列。这样成功的可能大一些，有可能两边都能成行。

于是，我就密集地游览了阿拉伯国家。所以，这个问题是可以这样回答的，因为我要来以色列，所以我就先去了阿拉伯国家。

这句话在我的舌尖上滚了几滚，还是被生生地咽了下去。我和安全检查官之间的对话，要经过翻译。我无法把前因后果说得太详细，那么，我很怕我的话经过翻译之后，变成了这样“为了以色列，我才连续去了阿拉伯国家”。这很容易引起歧义，好像我是一个恐怖分子。想到简明扼要的指示，我说，我到那些阿拉伯国家，是为了旅游。

女安检官连珠炮似的追问：你和谁一起去的？

和旅行团的人。我答。

你认识他们吗？继续问。

刚开始不认识。后来就认识了。我答。

你到叙利亚是什么时间？

我回答了时间。

在那里待了多久？

九天。我回答。

到伊朗是什么时间？她翻看着我的护照，继续盘问。

我被这种连续的问话搞得沮丧。因为我并不能准确地记得那些时间，只能说出个大概，好像是 11 月份吧。这让我有了某种心虚的感觉。（后来我才知道，包括这些不是特别准确的时间回答，才是普通旅行者的正常反应。谁能记得那么清楚呢？日期记得太清楚太严丝合缝了，反倒容易引起怀疑。）

美女安检官继续问，在伊朗你认识了什么人？

我开始认真地回想伊朗导游的名字，应该算是我在那边认识的唯一能叫出完整名姓的人。翻译面无表情地提示我说，你就回答什么人也不认识。

什么人也不认识。我鹦鹉学舌。

女安检官问，那么你每天住在什么地方？

我说，旅行时每天都换一个地方，记不清了。都是旅行社事先安排的。

是什么人组织你去的？继续问。

没有人组织。是我自己到旅行社报的名。

那是一个什么旅行社？

中国国家旅行社。我很快地回答。

女安检官在我的护照上贴了一个纸签。这是要特别检查我的行李的标志。于是我被领到一处单独的检查台等候。很久，没有人理我。一直跟随我的翻译说，那个女子可能是摩萨德。您的护照实在是让人生疑。

我说，我可以理解这种盘问。毕竟他们有深刻的冲突。好在问清楚了还能通关。如果是一言不发地就把你拒之国门之外，我就没法子了解这些文化了。

翻译说，您能这么想，就不会太烦了。一会儿行李安检官来了，一定会让您把行李打开，他们会一件件地检查。

我说，好的。

来机场之前，我已将行李捆得像个粽子，因为带了两瓶戈兰高地所产的红酒，里三层外三层地包裹着，这要打开了，再包起来真够费

事的。万一包得不妥帖，酒瓶碎了，我所有的衣物就会被红酒沾污……立马想起一味甜点，好像叫红酒鸭梨，记忆中煞有好感。今后我若再穿被红酒染过的衣物，会不会发出那种愉悦味道？但那些星星点点的残红又该怎么办呢？

这样想着，为了给自己收拾行李留出更从容的时间，我就提前把捆扎在外的行李带子解了下来。我的手指有伤，干这种活儿慢腾腾的，怕一会儿惹人烦。

这回来的是一位男检查官。

他的面色稍和善一点儿，可能因为他非常年轻。太年轻的人不容易做出那种极端冷漠的样子，就算刚开始板着脸，一会儿也会不由自主地青春活泼起来。

又一轮盘查开始了。还是从端详护照开始。你生在新疆？他问。

是的。我回答。这个出生地，已经多少次给我带来了麻烦。记得有一回去某国签证，就被问到，你是不是穆斯林？我说不是，她还不相信似的。

那么你的名字是谁给你起的？眼前这位看起来比我儿子还要年轻的以色列小伙子问。

我奶奶。说实话，问我名字是谁起的这个话题，即使在国内，也

没有超过五个人。为此，我会永远记得这个眉目清朗的以色列青年。他让我在异国他乡，想起了我故去几乎半个世纪的祖母。我深深感谢他。

淑敏——他略有点儿迟疑地拼出这两个字的读音，类似“初民”。对吗？他略有一点儿羞涩地问道。

我很肯定地说，是的。

那么，“初民”是什么意思呢？

我愣了，不知如何回答。假若我叫“光荣”，这当然好说啦。叫“红山”也不难解释，倘若叫“玫瑰”，那简直环球同此凉热啊。可这在中国俗气并有点儿抽象化的“淑敏”二字，面对一个外国人，你叫我如何解说？

可是，迟疑太久容易令人生疑。我大致摸到了小伙子的思维脉络——你出生在新疆，那是信仰伊斯兰教的地方。这人是否是伊斯兰教徒呢？从一个人的名字上，能看出一些端倪。

我说，“淑”是中国古代形容女子美德的一个字，可以组成“贤淑”这个词。至于“敏”字……

通常我在国内说到自己名字时，会说，这是“过敏”的“敏”。心理学研究中发现，从人们如何介绍自己名字的用词之中，可以窥见这人某些深层资料。比如我不会说这是“敏而好学”的敏，也不说这

是“反母”，而用了“过敏”，就和我的医学背景有关。

不过，这阵子咬文嚼字肯定不相宜。灵光乍现想起“敏捷”，我说，“敏”字就是跑得快。翻译一边翻一边露出忍不住的笑纹。古代女子跑得快……哈！笑掉牙。不过年轻的安检官似乎很满意，起码这个名字的解释让他安心。

我以为基本过关了，不料后面还有一连串的问题。

你的箱子是你自己的吗？

是。

是你自己整理行李吗？

是。

在哪里？

旅馆。

当时还有其他人在场吗？

没有。

行李打好之后，还有什么人碰过你的行李吗？

没有。

有人托你帮他带什么东西吗？

没有。

你的行李从打好之后，一直在你的视野当中吗？

我稍微犹疑了一下。因为从旅馆到机场，行李搬到汽车上以后，我并没有一直盯着行李啊。正当我思忖着如何回答时，翻译说，就说没有。

我想我们那辆车中途并没有停留，也没有人上下车翻动行李，所以虽然我不是一直头朝后看着自己的行李，但应该是没有离开我的视野。于是我说，是的。

安检官继续问，你的箱子此前用过多长时间了？

我想了一下，回答：很久了。十几年了。哦，正确地讲，是 18 年了。（由此可见我是一个多么俭省的人啊，简直就是抠门儿。）

他对这个数字好像很满意。然后对着电脑，观察我箱子的透视图，边看边问，你箱子里都装了什么东西？

我说，就是旅行者常见的那些东西。衣物、洗漱用品。还有我在戈兰高地买的两瓶葡萄酒。

他说，你买死海制品了吗？

我说，哦，对，买了。

它们是什么形状的呢？

我说，工厂流水线生产的，一头圆一头扁平的塑料管子。我说着，

比画了一下。

安检官说，一共有几个。

我说，四个。

安检官说，那你把它们放在什么地方了？

这可让我为难了。因为看起来这些死海泥的包装还算结实，我也就没有特别在意重新包扎它们。当时主要关注对象是那两瓶葡萄酒。死海泥制品究竟放在哪里，真是记不清了。我说，好像是哪儿有地方就塞在哪里了。

安检官这时好像被我的慌乱所打动，提醒我说，你是不是把其中两个放在一起了？

我突然想起来了，说，对，是这样的。我把它们放在鞋里面了。（回来后我把那些死海泥送了朋友。哪位万一看到了这段，请不要生气啊。鞋子是用塑料袋装起来之后，才和死海泥会合的，不会污染。）

话说到这会儿，我真想马上把行李箱彻底抖搂开，请他上下翻一遍。再问下去，问到刷牙杯子放哪里了，我一定抓瞎。记得我把它换了好几个地方，最后究竟放在哪里，完全记不清。我把手伸向了已经揭开捆绑绳索的行李，打算把它掀个底儿掉。

在即将翻天覆地开箱检查之时，年轻的行李安检官突然微笑着说，

好了，检查完成了，您可以进去了。对于我们给您带来的打扰，请理解。

目瞪口呆。你说他严格吧，居然最后完全没有开箱检查我的行李就放行了。你说他宽松吧，我已经急出了一脑门子的汗。心虚得像个真正的恐怖分子。

一位对以色列颇有研究的专家，后来对我说，因为你所有的回答都让他觉得很正常，根据经验，可以放行。

同行的另外所有人，都无一例外经受了翻天覆地的开箱检查。一位女士深感意外，因为她的所有内裤内衣连带着蕾丝胸罩，都被男安检官一寸寸地捏过了（戴着手套）。她说，我是一个很传统的人，在自家时候，连洗内裤都不愿让丈夫看见，觉得这有辱斯文。现在可倒好，给一双外国男人的手，摸了个细致周全。你说这些内衣裤今后我还穿不穿啊？

我说，烫烫穿吧。

她沉默了一会儿说，我还是把它们都扔了吧。

另一位男生更愤然，对这位女士说，好歹你那还是干净的内衣呢！

我们不解，说，你的……

他跳起来大叫，我的内裤是脏的啊，穿了好几天，打算回家洗的，团成一小团，安检官可真不嫌埋汰，打开来，把脏内裤检查了个遍，

这太难堪了啊，就像被人当众剥光了衣服。简直就是侵犯隐私！

我们赶紧劝他，说这是人家的工作，人家不嫌脏，也是敬业。

有一位对以色列深入了解的朋友说，这是一道善意的墙。因为以色列生活在强烈的不安全之中，所以他们要推行最严格的安检，以确保安全。

比如在我们长时间经历安检的本·古里安机场，就曾经发生过恐怖事件。

那是 1972 年 5 月 30 日，三名长着亚洲面孔的黄种人，拎着小提琴盒子，乘着从意大利罗马起飞的法航 132 航班，飞往特拉维夫。5 月 30 日，飞机抵达本·古里安机场。那时候，这个机场还叫作卢德机场。刚才说过，以色列机场的安检力量十分强大，但他们忽略了这三名像艺术家一样打扮的亚洲旅客。当从航班上下来的乘客进入海关检查通道时，这三名日本游客，突然打开小提琴盒，当场组装好锯掉枪托的突击步枪，向在场的旅客和机场工作人员猛烈扫射。

以色列警察的反应可说相当迅速，两分钟后，警察冲进大厅。但三个人的子弹基本上已经打光了。其中两人拿起手榴弹，冲向以色列警察，被乱枪击毙。后来查明他们叫奥平刚士和安田安之。最后剩下一个人，名叫冈本公三，当他企图拉响手榴弹自爆时，被从斜向冲来

的以色列航空公司的工作人员制伏。这一机场袭击事件造成100多人伤亡，大多数为无辜平民。

在法庭上，冈本公三如此陈述自己的动机：“作为日本人，当然应该回日本闹革命，但我认为世界革命应该在全世界发起，不应该有地域特点。”原来他是日本赤军的成员。日本赤军是和意大利红色旅、爱尔兰共和军齐名的国际恐怖组织。

日本赤军成立于20世纪60年代。那时全球左翼学生运动风起云涌，日本左翼势力内部分裂，以大学生为主的激进势力发起“新左派运动”，开始进行社会和政治革命。1969年5月，“新左派”中极“左”的“赤军派”成立。在国内遭到镇压的情况下，赤军将目光转向了海外。主要目标是在日本和美帝国主义之间进行“环太平洋革命战争”。认为，“不能只在日本国内进行革命，应该把革命战争的火焰烧到海外”。而他们视为“反美斗争最前沿”的，就是朝鲜半岛和中东地区。于是他们在1970年劫机到了朝鲜，1971年先后到了中东，与当地游击队一起战斗。

1972年4月，赤军成员奥平刚士找到解放巴勒斯坦人民阵线总书记哈巴什，请求其协助策划恐怖袭击。考虑到过去没有黄种人卷入阿以冲突，哈巴什感到让“赤军”出马能有突袭之效，表示大力协助。

不久，代号为“迪尔·亚辛”的自杀式袭击计划出炉了，参与者是奥平刚士和另外两名赤军成员安田安之和冈本公三。赤军领导人重信房子，为她的女儿起名“Shigenobu May”（重信五月），据说就是源于对特拉维夫机场事件的记忆。

日本赤军袭击以色列特拉维夫机场只是一系列恐怖行动的开始。之后，他们在 1974 年 9 月，袭击了位于海牙的法国使馆。1975 年 8 月，袭击了吉隆坡的美国大使馆。但暴力事件的频发和升级并没有令赤军的“世界革命”获得成功，而是使他们一步步走向孤立。尤其是东西方冷战的结束，更使他们赖以生存的条件发生了根本性的变化，一些原来愿意为他们提供栖身地的国家也不愿意再为他们提供庇护，走投无路的赤军成员一个个被逮捕。最终宣布解散。

由于有这样的惨痛经历，所以特拉维夫的本·古里安机场安检人员对黄皮肤的亚洲人员，不但没有丝毫懈怠之意，反倒是更加严格审慎。

终于检查完了。坐在椅子上，痛定思痛，有关以色列机场安检，有几点感受与大家分享。一是少安毋躁。做好最充分的思想准备，树立持久战的观念，这样你遇到个人史上最漫长的安检时，也能莞尔一笑。二是从大的背景上理解这种安保措施。不涉及尊严、人种、国别，等等，只是出于对所有乘客的安全考虑。说真的，一想到每个人都经

过了这种铁面无私的检查，你会觉得安全系数大大提高了。三是把它当成一种体验吧。世界上所有机场的安检都差不多，只是在以色列，有点儿特殊。我们生活中重复的事件太多了，有点儿无伤大雅的意外，值得回味。

无伤不香

我在密林中跋涉，探望不知名的香草。这是印度洋上的一个小岛，以盛产香料闻名于世，俗称为香岛。我的头上顶了一顶香草的花冠，手腕子上悬了一圈香草的手环。手指上，戴着香草编的戒指。走动的时候，香风袅袅。这些香草饰品，都是当地土著的孩童，一边走一边将拦路的香草采撷下，随手编起来送我的。

香草名目繁多，这个是口红的原料，那个可以烤羊排……刚开始我还努力默诵它们的名称，但很快就放弃了劳而无功的努力。浩如烟海，实在太多了。

印度洋的和风从树叶的间隙处吹拂，在这异国的土地上，脑子里想到的竟是屈原。他酷爱香草，把《楚辞》和《离骚》，变成了香草的大典。

“扈江离与辟芷兮，纫秋兰以为佩。……朝搴阰之木兰兮，夕揽洲之宿莽。”

“杂申椒与菌桂兮，岂惟纫夫蕙茝？”

“畦留夷与揭车兮，杂杜衡与芳芷。”

“朝饮木兰之坠露兮，夕餐秋菊之落英。”

…………

当年读到的时候，从不曾把江离、辟芷、兰、木兰、宿莽、申椒、菌桂、留夷等等到底是什么植物搞明白，不晓得它们归什么科什么属，甚至连屈原寄寓其中的象征意味也一并荒却了。记住的只是篇章中充满了异香，而香氛可以博得神灵的喜爱。

正遥想着故国往事，突然从香草丛中转出一位老媪，脸色黝黑皱纹密布，整个面容没有任何水分，简直如雷火焚烧过的焦木，比木乃伊还要干枯。

我被骇住，以为碰到树妖。

她手背如炭，手掌是淡粉色的。近乎苍白的手心里托着个小瓶子，

对我的导游飞快地说着什么。

导游迟疑了一下，看来这位老人家的出现，出乎他的意料。但民族传统中对年长的人非常尊敬，他耐心地听完老媪的话后对我说，老人家说她有一些香料，问你要不要。

我极力隐藏住被袭扰的惊愕，出于礼貌说，什么香料？

导游将我的问话翻译过去。老人的表情变得敬畏，掷地有声地回了句。导游转脸对我说，她说这是一切香之母。

这句话让我好奇。我轻轻地重复，一切香料之母？这是一种什么东西呢？

导游纠正我说，不是一切香料之母，是一切香之母。

我一时反应不过来，问，这难道还有什么区别吗？

导游说，它们大有区别，简直就是原则不同。一切香料之母是不存在的，因为香料如此千姿百态，不可能有统一的母亲。如果一定要找到它们共同的来源，那只能是我们脚下的这片热带土地了。但是，一切香的母亲，是存在的。它就在这个瓶子里，普天下最好的香氛都来自它。

话说到这份儿上，我是非要把小瓶子打开闻一闻了。

拧开瓶盖，凑过去，果然，那些貌不惊人的树皮样的灰绿色颗粒，

散发无比奇异的芬芳。我好像碰到了一个熟人。

多少钱一瓶？我问。

老人报了一个数字，价值不菲。

若是为了我自己，我就不买了。但我想起国内有一位朋友，酷爱香草。我掏钱把小瓶子买了下来。老媪做成了这单买卖，不说一句话，隐身回密林之中。只见树影婆娑，了无痕迹。如果不是我手中留的这个小瓶子，几乎怀疑刚才是幻觉。

后面的参观，我心不在焉，再三追问导游这香料究竟叫什么名字。他查了手机上的词典，又把电话打到据称是最博学的同伴那里请教，得到的还是一句话，此为众香之母。

回到北京后，我终于想起来，我以前是闻到过这种香的。

那是一个清晨。

风是香的白马。

没有风的时候，香也是香的，可惜走不远，固执地停在当地，至多烟气袅袅地在香炷顶上盘旋着，好像旧时的烽火。有了风，香就翩翩起舞了。香对风特别敏感，以婀娜的驰骋之痕描绘出风的每一丝律动。你不知看到的是香的肌肤还是风的花纹。

香师净手后，以香匙从香瓶中舀出微小的绿色香屑，盛放于以白

而透明的云母片做的小香盘中，先用香压轻按，让香屑们如真正的薪火般紧密。然后又用香通抖耙了一下，把少许空气掺进致密的粉屑中。之后，香师用香枪将沉香木屑点燃。

屏气等待。很久很久。粉末大智若愚地沉默着，直到我憋得喘不过气，绝望地以为此粉根本拒绝燃烧。当除了香师以外所有的人，认定火种已然熄灭之时，忽有一丝若有若无的气息，从香屑中袅袅婷婷地升起，断断续续汇聚成一匹细小的龙，蜿蜒而上，扶摇凌空，悄无声息沁入了我们的鼻孔。清丽而甜美的香气，像蚕丝逶迤而进，缠扰了肺腑，令人迷醉。

从内到外都被香氛熏染，恍惚被香料将脏腑浸透。此刻吐出的话语，都是香的吧？只是那一刻，却没有人说话，贪婪地呼吸着。

这香氛，来自沉香。

人们常说沉香木，顾名思义却是错的。与檀香不同，沉香并不是木材，是一类特殊的香树“结”出来的“果实”。它是混合了树脂和木质成分的固态凝聚物。沉香多呈不规则块状、片状或盔状。一般长约 7 ~ 30 厘米，宽约 1.5 ~ 10 厘米，超过 1 米以上者，就是珍品了。燃烧时散发出的香味高雅、沉静、清甜，沁人心脾，能使人心平气和，进入祥和平静的状态，起到调节人体气血运行，疏通人体气机的作用。

沉香的母树本身并无特殊的香味，而且木质较为松软，被称为“风树”，生长于热带。风树本身并不沉重，原木的比重只为 0.4，入了水也鸭子似的漂浮着，和通常的树木并无二样。让沉香沉重起来的是树脂，质地坚硬沉凝。当它的含量超出 25% 时，不论是沉香的块、片、甚至粉末，都会遇水即沉，沉香由此得名。古人还为沉香细致分类，取了很多有趣的小名。比如体积较小，状如马齿的，就叫作“马牙香”；薄薄一片的，就叫“叶子香”；如果沉香内有空隙，就叫“鸡骨香”；外表如枯槁山石的，其貌不扬，干脆称“光香”……

沉香树多是乔木，通常会很高，大树可高十丈余。当风树的表面或内部形成伤口时，为了保护受伤的部位不发生腐烂，风树会紧急动员起来，驱动树脂聚集于伤口周围，以疗治创伤自保。累积的树脂浓度达到丰厚的程度时，如果将此部分取下，便成为可使用的沉香。

形成一块上好的沉香，通常需几十年的时间。那些绝世的佳品因其树脂含量高，有时要历经数百年的时间。

以往，沉香是天意的产品。那些含有沉香的母树，寿数到了，倒伏在地，经风吹雨淋之后，能够腐烂的木质都消失了，剩余的不朽之材，就是含脂的沉香了。有的母树倒伏后沉浸于沼泽，被水中的微生物分解，再被人从沼泽中捞起来，被称为“水沉”。如果母树一个跟斗栽进了

土层中，深埋于土内，被土中的微生物分解后腐朽，残剩的未腐部分被称为“土沉”。还有一种是把活树人工砍伐下来，置于地上，经白蚁蛀食，那剩余的沉香，称为“蚁沉”。还有一种是在活树身上砍伐采摘沉香，称为“活沉”。

不管何种方式，“风树”都要先受伤。大自然造成风树受伤的原因有很多种，比如山火扑袭野兽攀爬，雨雹撕砸虫蛀蚁噬……甚至不明原因的局部死亡。受伤后所积聚的油脂，在伤口处形成“香种子”，然后风树还会再接再厉，把更多的油脂汇聚到伤口处。这样，香脂就会蔓延，再经千百年的时间醇化，沉香就诞生了。

沉香是甜美的，但取得沉香的方法，却让人惊心动魄。

由于自然界野生的沉香极其微小，庞大的需求和高昂的标价，让人们等不及大自然的时间表了。既然沉香来源于风树的伤口，那么，如果人为地让风树受伤，沉香的产量岂不大增？据说最先是越南人发明了这方法。风树如有知，必椎心泣血。

先是选择树干直径 30 厘米以上的大树，在树干距地面 1.5 ～ 2 米处，狠狠地用刀顺砍数刀，刀刀见骨，深达 3 ～ 4 厘米。如果是人，怕早已血流成河生命垂危了。然而风树是顽强的，自受伤那一刻起，

就全树总动员，刻不容缓殚精竭虑地为自己疗伤。风树在伤处分泌树脂，包裹创痕，犹如人在大出血的时候勒起止血带。这个过程要持续很多年。不过施暴的人等不及了，几年后，当初下刀的人估摸时间差不多了，故地重游，就像收获庄稼一样，来割取沉香。割取时，将初步成形的沉香取走还不算，还要顺势造成新的伤口。风树为了挽救自己的生命，只有再一次继续调兵遣将紧急驰援，分泌新的树脂，客观上就生成新的沉香了。为了怕风树受伤太重而死去，人会用愈伤防腐的膜封好伤口，以便让伤口迅速形成紧贴木质的软膜，以利于风树休养生息。待伤口附近数年后再次生成沉香，即可割取。

更有甚者，名叫——断干法。大体和上面所说方法类似，只是砍得更深，要达到树干直径的三分之一至二分之一，以便更多的树脂流出来，以达到结香更快更多之目的。其次还有凿洞法。就是在树干上，凿多个宽2厘米、长5至10厘米、深也是5至10厘米的长方形或圆形洞，用泥土封闭，让其结香。还有一法叫“开香门”。就是用刀在树干上横砍入木质部3~5厘米，造成一至数个又深又长的伤口，促其结香。

一路听下来，背脊发凉。任何一个方法，不管叫什么名字，用什么工具，都脱不了刀剁斧劈剥皮掏心，总之是人为地给风树造成深重的创伤，然后利用风树泌脂结痂的本能，人为制造出沉香来。可以想

象的是，几年后，当初动刀动斧的人，该怀着怎样望眼欲穿欣喜若狂的心情，来清点他们的胜利果实。

还有一种名叫“人工接种”法，听起来好像很科学斯文的方法，本质是极其可怕的杀戮。先选好一棵大树，然后用锯和凿在树干的同一侧，从上到下每隔 40～50 厘米开一香门，香门长和深度均为树干粗的一半，宽为 1 厘米。开好香门后，将菌种塞满香门，用塑料薄膜包扎封口。一连串的伤口，风树该是怎样的悲怆！只有垂死一搏，用尽所有的气力来封闭创口，以求生存。最顽强的树木，垂死挣扎苟延残喘地活了过来，正当它庆幸自己上下伤口都结了疤，终于逃脱了死亡的魔爪时，当初的接种者款款走来了。在他眼中，每一块伤疤，都是一沓沓的钞票。他微笑着挥动斧锯，将整株风树砍下来采香。

故事听完，沉香不香了。

香师看出了我们的沉闷，换了个方向，说，沉香有非常好的药用价值。中医药典中说“沉香，味辛，气微温，阳也，无毒。入命门。补相火，抑阴助阳，养诸气，通天彻地，治吐泻，引龙雷之火下藏肾宫，安呕逆之气，上通于心脏，乃心肾交接之妙品。又温而不热，可常用以益阳者也”。

我对“龙雷之火”一词印象深刻。当初学习中医的时候，对此大

惑不解，老师曾为我提点迷津。

首先提出“龙雷之火”这一命题的，是清代名医喻嘉言。他曾在《医门法律》中说道：“阴邪旺一分，则龙雷火高一分，譬如盛夏之日，阴霾四布则龙雷奔腾，离照当空则群阴消散”。

清末郑钦安在《医理真传》的“坎卦解”一篇中，用坎卦的一阳寓于二阴之中来说明龙雷之火的实质。水涨则龙飞，人体阴盛一分则浮阳外扰一分，听起来十分在理。人都知道水火不相容，不过龙雷之火是阴阳相互嵌顿的复杂多面体，既有主水的龙，也有主火的雷。盛夏电闪雷鸣，是阳还是阴呢？说它是阳，其下大雨倾盆。说它是阴，电光灼灼霹雳炽烈。肾是主水的，但这水中藏着真火，是平衡阴阳生发万物的宝贝。真是你中有我我中有你谁也离不了谁啊。这么复杂的病症如何医治？沉香就是治疗龙雷之火通天彻地的良药。

所以，沉香既是稀有的高级香料，又是中国名贵中草药材，再加上还是佛教修行的上等贡品，需求巨大，货源奇缺，价格贵如黄金，现在已是“一片万钱”。最名贵的奇楠香，价钱早已超过了黄金，据说一克三万块钱。宁静的沉香已摇身一变为“疯狂的木头”。空气中便弥漫着植物的血，还有精神的血的味道。

风树是沉香之母。它所结的“果实”虽富可敌城，但母树并不娇气，

红壤、黄壤或是沙地上都能生长。

香师问我，如果是特别肥沃，富含深厚腐殖质之地，你觉得风树结香若何？

我说，那自然是结香又多又好啊。

香师说，不然。沃土之中，风树长得较快，但结香不多。荫蔽度大的地方，水分过于充裕，结香也很慢，甚至干脆就不会结香。唯有在瘠薄的土壤上生长十分缓慢的风树，虽然长势很差，但利于结香。

我十分惊讶，说，当真？

香师说，比如在广东某地，有白木香树生长了50年，树高超过三丈，胸径一尺以上，虽然多次接菌种，就是不结香。但同样的白木香，如果在野生状态下，在贫瘠的黏土里，虽生长慢，其貌不扬干瘪瘦弱，反倒结香多，油脂多。香的质量也好，香气浓烈。

说话间，沉香的阳气与香气，川流不息地绕着我们飞旋，使人如沐香河之中。香师说这沉香之氛，不但可以净化环境，还可以藉灵木之神转化氛围，营造出最安定、最吉祥的空间。

香师问我，你可知道在野生的沉香中，哪一处结出的香最好？

我说，不知，望告。

香师说，是以风树在雷闪劈裂的断口处结的香，最是极品。

我说，为什么呢？

因为此乃天火烧灼，既不会伤口腐坏，又能高度地刺激风树用最大的力量来分泌树脂，天香啊。你要记得，风树无损不香。

此刻，我对沉香的感受极为复杂。不言而喻，它是人间香氛的极品，但摄香过程如此残忍，简直就是植物界的杀象取牙。

无损不香，风树如此，人间又何尝不是这般！多少精彩是自苦难中着墨，多少旷世奇才要在悲怆中诞生。

风树死了，但它的孩子、它的精华——沉香还活着，袅袅生烟，绕梁三日。

我自认为热带雨林中的神秘老媪所售的万香之母，就是沉香。为了粗线条地验证，我把它取出一点儿，轻轻放入一碗水中。它立刻像金属屑一般笔直地坠下，毫不迟疑。我把它打捞出来，只有火柴头的三分之一大小，依然无可遏制地香着。把湿漉漉的它放在我的枕边，一夜安眠，做梦游走在百花园中。

我想这一小瓶沉香，应该是雨林中的风树天然形成的。那老媪，相信草木皆有灵魂，她只取了一点点香屑来售卖，将沉香母树受到的袭扰降至最小。愿这种淳朴的方式能天长日久地保持，达到人与万物共生共谐地存在。

女厨师的魂灵

在环航世界的船上，我结识了一位外国医生，他面容肃穆，当知道我也曾经从事医疗职业之后，他邀我在甲板上喝咖啡，有一搭没一搭地聊天。当时船航行在加勒比海域，幽蓝的海天一色，很容易让人陷入迷惘。关于陆地上的生活和医生的职业，这一刻离我们仿佛遥不可及，又如影随形。

他穿着浅咖色的休闲风衣，但我依然能从他的头发中闻到药水的味道，觉得他的衣服是白色。海风吹起他花白的头发，令他显出经验丰富饱经沧桑的样子。其实他的年龄并不是很老，因他是专为癌症晚

期病人做临终治疗的，煎熬至此吧。他说在他的国家，他的业务非常满，很多人预约挂他的号。忙不过来，有些病人直到死都没轮上接受他的诊疗。

这……说明……您的医术非常好，还是贵国的癌症病人特别多呢？我问。

两者都有吧。癌症病人增多，是世界性的问题。至于我的医术，非常好是实在不敢当的。也许因为我的态度不错。他看着远处驶过的一艘货轮，不很确定地说。

我也盯着那条船看，集装箱像是蓝色天幕上的一堆整齐积木壅塞在甲板上。刻板的海面，能看到另外一条船，是眼睛的节日。我说，癌症晚期，基本上回天乏力。那么多人来排着队向您求诊，您有什么绝招吗？

医生摇着花白头发说，咱们是同行，学过医的人，都知道癌症晚期，是没有任何法子的。

我说，那您从事的岂不是很悲哀的工作吗？眼瞅着他们一天天衰败下去，却没有办法救他们。

白发医生说，的确，我没有任何绝招秘方，只是陪着他们。严格地说，那也不应称为衰败，只是渐渐隐没的过程。

我说，那么，人们为什么都特地要来找您陪着隐没呢？

白发医生看着远方，这时那艘船已经不见了，他看的似乎是以往病人的合影。他说，他们要有人陪着他们走完人生的最后一程路。要知道，这种陪伴并不容易，除了要有爱心，还要有经验。懂得跟他们说些什么，知道怎么做才是恰当的。在那种时刻，很多人都慌了，完全不知道该怎么办。人们常常以为亲人的陪伴是最好的，其实不然。他们的亲人没有经历过这种事，茫然并且手忙脚乱。大家要么装着那件事——您知道我指的是什么——就是死亡，离得还很远，远到根本就不会发生似的，谈天说地指东道西，什么都说，但绕来绕去，就是不涉及此事。这让那个就要死去的人，倍感孤单。他知道那件事就要发生了，他已经收到了确切的邀函。周围的人们却好像都不愿理睬，完全不在意这件非凡的事正在眼前发生发展着，一天比一天蔓延。病人便无助，不知道自己该如何揭开这个可怕的盖子，和什么人开诚布公地谈一谈。他在困窘无措中会想，既然大家都不谈，一定是大家都不喜欢这件事，回避它。我马上就要离开大家了，大家都不乐意说起，那么，我为什么还要给人家添不愉快呢？好吧，那我就配合你们，我也不说了。这就使即将到来的确凿无疑的死亡，成了一个众所周知的不可触碰的秘密。家人对每一个来探望病人的人说，他的病情很严重，

可能马上就要离世了，可他自己一点儿也不知道，我们做得很周到，成功地瞒住了他。拜托您啦，千万要装得很快活，不要落泪，不要愁眉苦脸，请只说高兴的事，别惹病人伤感。

人们彼此心照不宣，一起对那个濒死之人虚妄地保守着即将天下大白的秘密。那个接到死亡请柬的人，没有勇气破坏大家的好意，索性将错就错，维持一个越来越大的谎言。在最亲近的人之间设起屏障，是非常耗费能量的，因为人们彼此实在太了解。于是，病人就想早早结束这个局面，他们加快了死亡的步伐……

原本还算和煦的海风在这样的谈话中袅袅穿过，遂变冰冷。我紧了紧领口，借机安抚了一下有强烈窒息感的喉咙。然后说，那您是怎么做的呢?

很简单，我只跟他们说一句话，局面就大有改观。白发医生很肯定地回答。

这是一句什么话？我万分好奇。

我只跟他们说，在最后的大限到来之前，您可还有什么心事？我能帮您做些什么？我会尽力的。白发医生解开我的疑问。

就这些吗？我吃惊。实在是太简单了，简单到难以置信。我直言相告。

是的，就这些。这句听起来很不美妙的话，藏有坚定的力量。我说完之后，那些要死的人，就平静下来。过了一会儿，他们开始对我讲他们的心事。他们对我的信任油然而生，对我不再有任何顾忌。我从不虚伪地安慰他们，那不仅在理论上是没有意义的，而且在实际上也根本做不到。他们什么都知道，比我们暂且活着的人，知道得更多。濒死的人，有一种属于死亡的智慧，是我们这些暂且还活着的人，无法比拟的。对这种智慧，你只有钦佩，匍匐在地。您不可能超越死亡，就像您不能站得比自己头顶更高。医生说着，视线充满敬意地看着船艏方向，好像那里有一束自天而降的微光。

我说，您和很多人，我指的是濒临死亡的人，讨论过什么问题呢？

白发医生平静地说，主要是各式各样未了的心愿。

多吗？我问。

是的。很多。几乎所有的人，都有未了的心愿。我甚至因为和他们讨论这些事而出名，他们会在彼此之间传播我的名声。说临死之前，一定要见见我，这样才能死而无憾。

我说，如果不保密的话，能讲几个他们临死之前的心愿吗？

白发医生轻轻笑了笑说，您这样问，可能以为那些临死之人的想法一定都很惊世骇俗，很匪夷所思。其实，完全不是这样。他们是普通人，

想法也很平常，甚至是微不足道的。很多心愿让病人觉得不足为外人道，他们不好意思。因为我是专门研究癌症晚期病人心理的医生，他们明白我不会笑话他们，愿意对我敞开心扉，我全然接纳他们。一传十十传百的，就有了口碑。我不过是尽一点儿心力，帮助他们达成心愿，好让他们无怨无悔地走完最后的路程。真正的主角，是他们自己。

我说，可以举个例子吗？

白发医生捋了捋所剩不多的头发，说，您可能会想到要求我帮助他们找到初恋情人，或是哪里有一个私生子？诸如此类稀奇古怪的事情。这种请求我不敢说从来没有过，但极少。普通人临终之前，多半是想完成一些很具体的心愿。比如对谁道个歉，找到某个小时候的朋友，还谁一点儿小钱……并不难，只是常常很琐碎。有人也曾和亲属说过，亲属虽然口头答应了，但总觉得治病要紧，未必真放在心上。而我是非常认真地来帮助他们达成心愿。

我说，讲个故事吧。

白发医生沉思了一下，说，好吧。我刚刚帮助一个患癌症的女子完成了她最后的心愿。

我说，她多大年龄呢？

白发医生说，当我们听到死亡的消息时，总会不由自主地问到年纪，

好像年长一点儿就能稍微安心。其实，所有的死亡都令人唏嘘。她很年轻，是个厨师。病入膏肓，不久于人世了。她是慕名而来，对我说，我有一个心愿，可是对谁都不能说。听说您不会笑话我们，所以找到您。

我说，请把您的心愿告诉我。我不单不会笑话您，还会尽力帮您完成。

女人说，我从小就想学厨师，后来终于遂了心愿。现在，我就要走了。我最后的心愿呢，就是再做一桌菜。

听到这里，我掩饰不住自己的吃惊，小心翼翼地问，这件事很难吗？

白发医生说，那个女人讲，很难。因为长期做化疗，她的舌头的味觉器官已经全部被破坏了，再也尝不出任何味道。她的胳膊打了无数的针，肌肉萎缩，已经举不起炒勺。她的体力不能允许她上街，不能亲自采买食材和调料。再加上长期住在医院里，很快就要从病床直接去往天堂，所以，根本就没有机会再进饭店的厨房。还有一个难点——谁会来吃癌症晚期病人做的食物呢？她指的不是给自己的亲人尝尝，而是真正的食客。因此，她觉得自己的这个愿望几乎不可能实现了。

白发医生边回忆边说，她很瘦，说话时肋骨起伏，在白衬衣下清晰可见。刚才的这一席话，已让她上气不接下气。我说，谢谢您对我的信任。我明白您的愿望了。让我来想一想。

几天以后，我郑重对她说，我决心帮助您实现愿望。

那女人颧骨凸出的苍白脸庞因为过分的激动，显出病态的酡红。她说，真的吗？

我说，千真万确。现在，您只要制定好菜谱，咱们就可以开始了。

她半信半疑，问，灶台在哪里呢？

我说，我已经和医院的厨房商量好了，他们会空出一个火眼，专门留给您操作。甚至还给您准备了雪白的工作服和高耸的厨师帽，一切都很正规。从现在开始，您可以随时使用那个炉灶。它就是您的了。

那女子高兴极了，好像战士得到了一门火炮。两眼闪光问道，那么，我所用的食材和调料如何采买呢？您知道，我已经没有力气走路，出不了医院的大门了。

我说，我会为您指派一个助手。您在饭店里当大厨的时候，也要有人打下手是不是？

她说，是的。

我说，这个人完全听从您调遣。请您开列出食材单子，需要什么样的蔬菜和肉类，还有特殊的调味品，都交代给他，他会按照您的意思，一丝不苟地去准备。您就放心好了，他会像您亲自采买东西一样，让您处处满意。只要您不满意，他就再去寻找，一定做到尽善尽美。

女厨师很高兴，但仍不放心，说，我还有一个问题。我现在体力不支了，一桌菜最少要有八道，可是，我一次做不出来那么多，只能一道道来做。这样是否可以呢？

我说，当然可以。一切以您的身体承受力为限。

女厨师说了这么多话，似乎把全身的力气都用完了。她把眼睛闭起来，许久没有睁开，我几乎以为她再也不会睁开眼睛了。虽然，我知道目前暂时还不会这样。起码，她的愿望还没有完成，她不会轻易去赴死神之约。

果然，她缓缓地睁开眼睛，眼帘打开的速度是如此之慢，像启动一道铅制的闸门。她说，医生，我知道您是在安慰我。

我说，这不是安慰。您将完成的是一桌真正的宴席。

女厨师凄然一笑说，好吧。就算这将是一桌真正的宴席，可是，食客在哪里？谁会来赴宴？什么人肯每天只吃一道菜，遥遥无期地等待着一个没有时间表的席面呢？

我说，我已经找到了食客，他会长久地等待，耐心地吃下您所做的每一道菜。

白发医生讲到这里，停顿了很长一段时间。大海在我们周围永无遏止地拍打着徐缓的节奏。很难把这无所不在的声音具体归入某一种

音色，它丰富到无以言表。据说这种包含万千频段的综合音色被称为白噪音，具有强烈的放松效果。它能够占据大脑的大部分活跃区域，让人安宁。

我打破了沉寂，问，女厨师后来开始烹制菜品了吗？

白发医生说，开始了。

我说，能吃吗？

医生说，有人真的吃了。

我说，好吃吗？

医生迟疑了一会儿，说，那个人的真实感觉是：刚开始，女厨师做的菜还是好吃的。虽然女厨师的味蕾已经完全损毁，虽然她本人根本没有任何胃口，但是她凭着经验，还是把火候掌握得不错，调料因为用的都是她指定的品牌，她非常熟悉这些东西的用法用量，尽管不能亲口品尝，各种味道的搭配还是拿捏得相当准确。不过，她的体力的确非常糟糕，手臂骨瘦如柴，根本就颠不动炒勺，食材受热不均匀，生的生，糊的糊。这样做一道，停几天，到了最后几道菜，女厨师的身体急剧衰竭，视力模糊不清，烹调技能受到了很大限制，所有的调味品只能靠估摸来投放，菜肴的味道就变得十分怪异了。她也无法按照上菜的顺序来操作，把复杂的主菜一拖再拖，留到了最后。那道菜，

需要的食材和调料繁多，她颤颤巍巍开列出的用品单子，足有一尺长。我分派给她的助手，向我抱怨不止，说按照女厨师的单子，到市场上去采买，去的是她指定的店铺，买的是她指定的品牌，产地和品种都没有一点儿问题。可拿回来之后，她毫无理由地硬说完全不对，让人把原料统统丢了，让助手重新再买。助手一次又一次劳而无功之后委屈地问我，这个人的癌症是不是转移到脑子了？

我安慰助手说，您是在帮助一个人完成最后的心愿，请用最大的耐心和悲悯来做这件事。助手说，这个工作要持续多久呢？我都要坚持不住了。

我说，也许不要很久。也许要很久。不管多久，请你都要坚持。当然，我也要坚持。

甲板上风速不断加强，浪也越来越大了。游客们纷纷回到船舱里，我这个唯一的听众忍不住问，究竟坚持了多久呢？

医生说，21 天。从女厨师开始做那桌菜，到最后她离世，一共是整整三周的时间。我记得很清楚，开始是在一个周六，结束也是在一个周六。星期天的时候，她的丈夫来找我，说女厨师在清晨的睡梦中，非常平静地走了。丈夫说，她昨晚临睡前说非常感谢您，并让我把一封信送给您。

我刚要开口，医生说，您想问我那封信里写了什么，对吧？

我被点穿，不好意思地说，是的，我想象不出内容。

白发医生说，我可以告诉您。那其实不是一封信，只是一个菜谱，就是那道没有完成的主菜菜谱。女厨师的丈夫说，女厨师很抱歉，她不是不能做出这道菜，之所以让助手一次次地把调料等放弃，是因为她知道自己已经没法把这道菜做得非常美味，心有余而力不足。为吃菜的人考虑，还是不做了吧。食客每次都吃得非常干净，从没有剩下过一个菜叶，想必对味道很是满意。为了成人之美弥补遗憾，就把这道菜谱奉上，让食客得以自行凑成完整的一桌。自己最后完成的笔墨是一道美味菜谱，真是幸福。

我突然想到一个问题，说，那些菜肴都是谁吃下的呢？

白发医生说，是我。

我再也说不出话，为这样的厨师和食客。医疗好死亡，原来可以这样从容和优雅。

恰在此时，一只雪白的海鸟从我们面前飞过，振翅盘旋。周围没有海岛，没有灯塔，连礁石都没有。完全不知道这鸟是从哪里飞来的。它在我们头顶绕匝三周后，突然就消失了，仿佛一头扎进海水化为泡沫。我和白发医生对视后几乎同声说，这海鸟是那位女厨师的魂灵吧。

古早味道的冬瓜茶

甘蔗汁、青草茶，冬瓜茶……

台湾到处都有卖手工制作的饮料，斜插着牌子，上书“古早味”。

顾名思义，“古早”，就是古老和早先的意思吧。是这样的吗？我问当地人。

当然，你这么拆开来从字面上看起来说，大意是不错的。但我们本地人说起“古早”的时候，有一种妈妈的味道、家常的味道，甚至是祖婆婆的味道含在里面。总而言之，就是民间用平凡朴素的材料，简简单单的手工压榨熬煮出来的味道，与现代人用机器和化学配方勾

兑出来的饮料大不同。这样说吧，古早味道，就是可乐啊雪碧啊等饮料的反义词。

深究起来，有人说“古早味”这个名称来自台湾俚语，有人说是闽南语。它代指一种渐渐消失的古老味道，应该是没有异议的。

台南的窄巷，挂着淡墨书写的冬瓜茶招牌，竖体，繁体，笔画有一点儿潦草柔弱，恰像伏地而生的冬瓜蔓。寥寥几笔，深有民国的味道。长条板凳，凳面油润并稍有凹陷，无数人的衣裤摩擦过，有了类似古董的包浆。十元新台币买上一杯，合人民币两元，坐在那里，用吸管慢慢地把一种冰凉而微甜的液体，抽吸到口腔。它在舌面和牙床内外绕着圈，直到不再冰冷，才打个转，轻缓入胃。

在距离我不远的地方，有一大堆硕大的冬瓜，如同穿旧军服的小童般站着卧着，身上绿绿的绒毛中，埋有墨染的字迹，比如“28”“32”等。这是些什么记号呢？我假装自言自语道：是怕冬瓜丢了，编着号？

我是说给在一旁用竖刀刮冬瓜皮的老者听的。他用粗糙的手把一颗颗冬瓜扶正，然后像揩脸一样把剃刀从冬瓜的头上蹭下来，一条长长的冬瓜皮就飘垂了，好似淡绿色的围巾。冬瓜露出了青白色的内瓤，如一尘不染的小沙弥。

如果他不理我，我只有闷着头喝完自己的冬瓜茶，讪讪走人。

阿漫古早味
传统工艺
冬瓜茶

他应话了。哪里是怕偷，那写的是冬瓜的斤数。算账用的。

他搭理了我，我欣喜了。说，你们家用的冬瓜可真大啊，这么齐整，一定都是特地订购的。

大约有 70 岁的师傅，头也不抬，手脚麻利地刮着冬瓜皮，说，是啊。熬冬瓜茶的冬瓜是越老越好，必得要 20 斤以上的冬瓜。如果不提前订下，人们在冬瓜还很嫩的时候就把它摘下来，做了汤或是菜，就没有这甘甜的冬瓜茶了。

我说，冬瓜茶要熬很久吧？

他抬起头，抻了抻弯弓的腰，说，是的，很久。

我指望着他说出个具体时间，比如三小时或是一天，甚至更久。可是他不再答话。

我猛然醒悟到，哦，关于时间，可能是个秘密。

各种资料上都有熬冬瓜茶的教程，时间却是众说不一。从最短的 40 分钟，到最长的 3 天。居中的时间是 8 个小时。这味饮料选料简单，除了冬瓜就是少许的红糖（冬瓜茶的淡黄色就来源于此），那么具体熬煮的时间，就是核心的秘密。

40 分钟，太短了些吧？ 3 天时间，太长了些吧？我觉得数小时可能比较靠谱。确定这一时间界限，应该并不太难操作。我粗粗设想

了一下，打算制出上等的冬瓜茶，不妨在煎制的过程中，每个小时都舀出一碗，凉放在一旁，待储备了几十碗后，约来口舌尖利的老饕，一一尝来，做个民意测验。不信找不出熬制冬瓜茶原汁的最佳时间谱。

我问刮皮师傅，您这家茶店开了多久了？

老人可能因了刚才的拒不理睬我有些内疚，特别热情地回答，50多年了。

我说，一直用一样的方法熬制冬瓜茶吗？

他非常自豪地说，一直的，从没有变过。有些人就是喜欢这个味道，搬家到台北去了，有时还会回来找这个茶喝。一买就好大一瓶，说是回家后放到冰箱冰格里冻，喝过金门高粱之后，用冬瓜茶冰块兑水，加上一片柠檬，清爽又醒酒。我每次都劝他，不要买那么多，没有防腐剂的，放不了很久啊……那人说，一碗好的冬瓜茶和一件好首饰一样，是值得收藏的。

连这种卖东西的风格，也是古早味的。

古早时，我们是酒好不怕巷子深的，不像如今，广告铺天盖地先声夺人。古早时，我们是言无二价童叟无欺的，不像现在有那么多的水分和营销策略，看人下菜碟。古早时，我们是将心比心一诺千金，不像现在一锤子买卖，做砸了就改头换面重整山河……

古早就像童年，记忆让我们滤掉了哀伤，只剩下明媚温暖的春光。

或许，古早本身并不那样美好，但在我们的表达中，指的是那种干净简单素朴没有雕饰的味道。它删繁就简洗尽铅华，安然自在谦逊宁静。

古早不是严格的历史，只是略带暧昧的记忆之痕。比如若是要问古早究竟是前后多少年呢？ 50 年前？ 120 年前？抑或更早？我猜一定是答不上来的。每一代人都有自己的“古早”，铭记在心，不经意的时刻，会被深深触动。情绪，是沉淀在骨缝里的，溢出则在眼角。

有时想，这一代吃肯德基麦当劳长大的孩子，不会把人造氢化植物奶油的味道，当作他们的古早吧？不会把多得数不过来的食品添加剂的味道，当作他们的古早吧？不会把三聚氰胺和地沟油，当作他们的古早吧？不会……

如果真是那样，古早很快就会消失，人们记住的是化学实验室的味道。

古早是崇尚自然的，因为那时的人们牢记着谁是我们的衣食父母。古早是缓慢的，凡是美好的东西都是缓慢的。我曾参观过制作爆竹烟花的作坊。甚至连烟花这种风行霹雳惊艳骇俗的东西，爆发时快到一眨眼的物件，早年间的诞生过程也依然是悠长细慢的。单是糊出来一

个红彤彤的爆竹身，也要裁纸、扯筒、褙筒、洗筒、腰筒、上筒、钻孔、扦引、扎引颈、结鞭……十几道工序，慢得令人心焦。爆竹完成后的俊美模样，你会觉得一瞬间让它灰飞烟灭是何等暴殄天物。

扯远了，还是来说冬瓜茶。它妙就妙在虽然是低微的冬瓜熬出来的，但你绝对喝不出冬瓜的味道，而是沁人心脾的清凉柔和。它并不像做菜肴时，需要猪肉羊肉的丸子陪衬着提高身份。此茶仅一味，回甘幽远，独步天下。

我看到对面街角处，有卖各种西式灌装饮料的，花团锦簇。再看手中软软塑料杯装的冬瓜茶，黑乎乎如同一味中药，问老人说，如今竞争激烈，冬瓜茶的生意可好做？

他手脚麻利操作着，头也不抬地回答，冬瓜味甘而性寒，可以去烦躁、解热毒、降胃火，还外带消炎。古书中更有说它——好颜色益气不饥，久服轻身耐老。现在什么东西只要一沾上美容和长寿，就有人哭爹喊娘地赶来喝。

我说，不管是不是真有效，反正是没有害处的。

老人家实在且倔，挥舞着刮皮刀说，也不能说冬瓜茶喝多少都没有坏处，如果是脾肾虚寒面色白肿的人，就不能喝。说是美容，其实哪个美女是靠冬瓜茶养出来的？我喝了一辈子的冬瓜茶，该老还老！

不过是个彩头吧。

我说，您这样说，不怕吓走了客人？

老人呵呵一笑说，吓不走的。冬瓜茶有一个妙用，专治现代人的病根子。这个病一时半会儿是好不了的，冬瓜茶的市场，它们……他用干瘦的下颌轻轻点了一下对面的饮料摊——哪里是对手呢。

这我倒不明白了。现代人是得了什么病，需要这古早味的冬瓜茶来医？

老人家看我纳闷模样，自己反倒急了，迫不及待地说，上火啊！现代的人火气比从前大多了，西式饮料没有一样是败火的。火一天比一天大，喝冬瓜茶的人就会一天比一天多。我们就要开连锁店了，古早味的。说着，他把一长溜冬瓜皮嘶啦刮下来，软软垂着，像一条新刷出的绿色标语。

我咕咚咚把冬瓜茶喝下去，脏腑里原来无火，此刻更是安宁如冰。想起甘地的一句话："真正尝到滋味的，是心情而非舌头。"

大树里的野菜单

菜单。红色的。纸很薄，手指洗完未干，潮湿着拿起来，指肚沾染红色，好像被针扎过流出了血。纸上的花体字似乎是油墨印出来的——大树里的野菜单。

中国酒泉卫星发射基地。能在大漠戈壁上看到菜单，不管多么简单，也令人惊奇。

容我把菜名抄几个：凉菜、苦苦菜、原味鱼腥草、蒲公英、灰灰菜。最豪华的要算是“白糖西红柿”，司令员对我说，这道菜有初恋的味道。我暗想，司令员的初恋够草根的。

很快我的看法被颠覆。西红柿外皮撕破，看到内瓤像一粒粒粉红的沙，汁液肥美。它储存着中国大西北漫长的日光，痛饮了祁连山深邃的雪水，加之战士们精心侍弄，果然非比寻常。揣测司令员的初恋，惊艳。

主食：大树里饼。大树里南瓜汤。

很好奇。吃了后才知道，不过就是普通的饼和南瓜。

看到这频频出现的“大树”字样，你可能不知道如何断句。多半会以为是大树洞里藏着一张写满野菜的单子。

正确的读法是这样的：大树里——野菜单。

就是说，有个地方叫大树里。

这个地方在哪里呢？在酒泉卫星发射基地。茫茫戈壁，大地苍凉，天幕四垂，杳无人烟。

那里有很多大树吗？我问。

只有一棵大树，但它成了地标性建筑，此地就叫了大树里。

很早以前，这支部队刚刚从朝鲜战场撤下来，因为朝鲜都叫什么里什么道的，大家就把这里叫了“大树里”。正式的名字是——中国酒泉卫星发射中心雷达测量站。

既然有大树里，想来也有小树里了？

我问。

没有人回答。我想，这是秘密吧。哪里都能告诉你。

卫星基地有一个独创的名词，叫作“点号”。我说，是像点一样的号，还是像号一样的点？还是没有人回答。

基地以外的人来到基地，通常有很多问题，你可以随便问，但是否能得到回答，那可不一定。也许你问了不该问的问题，主人们就以沉默做了答案。你就毫无情绪地接受了这个回答，因为这里非同一般。

于是不再问。以我个人的理解，点号——就是在需要的地方，部署需要的人。这些人的存在，就成了大地上的一个点，好像鸿篇巨制的一个逗号。这个鸿篇巨制，就是中国的航天事业。

大树里的情况，我就不多写了。只写这个菜单吧。它应该不是军事秘密。

热菜比较丰富。

点号土鸡。素炒红薯叶。香辣血皮菜。素炒空心菜。大树里红烧肉。

走了的老兵，写过一首名叫“梦回大树里”的诗。

胡杨孤立弱水边，

抗沙忍渴逾百年。

忽降军营号大树，

遍装雷达能量天。

南种蔬菜北拒沙，

东临荒漠西面山。

敢射苍穹惊玉帝，

纵献青春不枉然。

诗文质朴，一如这大漠之上苍凉的点号。菜单的下方画了一朵荷花。我相信，这里是绝没有荷花的。

关于点号，我真的不能写得更多。那我就写写航天员的点心吧。

有一次同上过天的航天人聊天，我说你在天上的时候，觉得伙食怎么样？

他的眼珠向左上方转动，我知道这是在回忆。他说，挺好的。

我说，都吃了什么东西呢？食谱是怎么样的？

他说，记不清了。反正品种丰富家常口味，有营养，也好吃。

我说，真的很好吃吗？

他是个严谨的人，回答说，不要以为那跟咱们地面上下馆子似的，那么丰富。太空中食欲和反应也不一样，只能说科研的战友们已经尽了力。菜的味道相当不错。

我说，在所有的食谱中，你最爱吃的是什么？

这一次，他的眼珠没有转动，看来是不必回忆就能回答。果然，他张口就说：月饼。

我说，是因为那是中秋节吗？你在天上看到的月亮特别大，就激起了吃月饼的兴趣？

他说，不是。是因为那月饼实在是好吃。而且个儿也不大，正好一口一个。我特爱吃。

我问，那月饼到底有多大？

他说，也就比大拇指第一指关节稍大一点儿吧。

真是小巧精致的月饼。我突发奇想，问，我能不能得到一份你们吃过的食品？

他略略沉吟了一下，估计是没有人提过这种无理非分的要求。他思忖着说，我们在太空的饮食，都是事先存储在航天器里的。我回到地面后，也不吃这种食品了。所以在平常日子，真是不知道如何才能搞到。

我不是一个馋人，但痴心梦存太空之想。既然不能上天，尝尝那天上的筵席，是不是也算俗人还了心愿。

这事就这么放下了。

某年中秋之前，有个美丽姑娘打电话给我，说要送我月饼。

我赶紧劝阻道，谢了！算了。心意我领了。之前已有多家送来月饼，这一份就请送给别的朋友吧。

姑娘说，那一次，你和航天员聊天的时候， 我就站在一旁。我听你说想吃天上的食品。我要送您的月饼，正是航天员在太空中吃的那种。

我兴奋地说，真的是吗？

姑娘说，我也是航天系统的，您知道，它以严谨著称。

她的话打动了我。我说，非常感谢！

等啊等，我从来没有这样等待过一盒月饼。我嘲笑自己在一样吃食上惦念不止，只有小朋友才这样幼稚。终于，等到了快递员上门的那一天。我欣喜地签收了来自天上的礼物。

月饼盒朴素坚固，没有花里胡哨的赘物装饰。草书的“巡天”二字贯穿整个封套。使得盛食品的盒子若同剑匣，有了豪气。

我几乎焚香净手，充满仰慕地打开了月饼盒，看到了六块素淡的月饼。那一霎，我立刻生出“这月饼是假的”的判断。迫不及待地掰开一块，填进嘴里，细细品尝。香甜软糯，一切都和想象中的一样，好吃，易消化，没有任何花拳绣腿的果仁蛋黄之类，只是纯正的面粉和柔和的玫瑰豆沙。

但我依然强烈地认为它是假的。唯一的证据是——它们太大了！

航天员说得很清楚，月饼体积只比大拇指第一指关节稍微大一点儿，这些月饼，足有三个大拇指并在一起那般大。只要想一想就会判断出，太空舱里没有地方安放这么大的干粮啊。而且航天员还说，他喜欢吃这月饼，时不时地把它当零食吃。这么大的月饼，当主食都富余！

美丽姑娘问我感觉如何的时候，我虽然在之前决定只说好话不揭伤疤，但隐忍不住，还是提出疑问。这是航天员在天上吃的月饼吗？

是的。这是同一家工厂生产的。配方也是一样的。美丽女子很肯定地回答。

但是，它们太大了。就算是内容一样，外表的差异很大。我坚持。

您要的不是口味吗？我可以非常肯定地说，它们和航天员食物成分完全一样。我特地考证过这件事，您知道我们系统的风格。

我嗫嚅，除了感谢再无话可说。是的，我知道，他们是严谨的。但是，月饼不应该这么大啊！我为自己的固执惭愧。

这事过去了多年。一天，我有了一个机会，参观航天城。感动之余，我又说起了航天员的月饼。引导我参观的一位专家说，你特别在意这件事，其实航天员的食物并没有什么神秘。

我说，人们有时候对某些事情念念不忘，是因为关乎我们的梦想。

他笑了，说，我来想想办法，满足你的愿望。

我终于得到了一包航天员在天上的食品。它们从包装到外形，包括里面所有的细节，都是一模一样的。这虽然不是特别的机密，但是，几乎没有人得到过它们。专家对我说。

袋子里是大大小小的铝箔密封件。聚在一起，闪闪发光，好似一堆大小不一的银锭。我如获珍宝，小心翼翼将它捧回了家。

在一个美好的日子，我说的是没有阴霾的北京的上午，肚子半饥半饱的状态下，打开了银光闪闪的袋子。肚子太饿时，囫囵吞枣，就尝不出食品的好。肚子太饱时，味蕾也麻痹了，也尝不出食品的好。唯有这半饥半饱之时，才有从容之心，尽情领略食物之美。

我手边是一包贡菜炒肉，刚想品尝，又被底下的茭白鸡丝吸引了去。马上又踌躇是先吃松仁玉米好呢，还是打开五香卤汁牛肉当个凉菜？突然，我看到了一封比口香糖略大的“玫瑰月饼”，毫不犹豫地打开了它。就在长不过 10 厘米，宽不过 5 厘米的袖珍小包装里，藏着两块月饼。每一块真的只比大拇指的第一指关节略大，上面横书“巡天”两个字。

我一口气把两个“巡天”吞下了肚子，一是因为它们实在太小了，一口一个。二是因为它们实在是太好吃了。平心而论，它们和当年美丽姑娘送我的月饼，味道果真是一模一样的。

突然就不忍再吃了。

也许是因为梦想成真，心境已安。也许是不忍心把这来之不易的天上之食一人独享。总之我把剩下的食品重新包装起来，放进冰箱。它们很新鲜，保质期很长。我还有很长的时间，来谋划请哪些朋友，一道来体味这天上的宴席。

一代又一代航天人奋斗着，他们的赫赫战果，使得我们能在这个危机四伏的世界上，享有尊严和平安。

我问过航天员，当飞船起飞的时候，我们在地面上看到火光熊熊，听到震耳欲聋的轰鸣声，你在那里面可紧张?

航天员说，不紧张。

我说，我知道通过仪器测出你那时的心跳频率同平时相比，一点儿变化也没有。你就没想过此一出发，有可能回不来吗?

他诚恳地说，没想过。

我说，真的吗？怎么会不想呢?

他微笑着说，那个时间有很多事要做，真的不曾去想。关于生死，早就想过了，并不在那一瞬。我相信我的战友们。

吃了航天员的伙食，吃了大树里的野菜，我们也要学习他们的精神，才能去巡天。

第九个遗憾

日本医生大津秀一，在陪伴了大约 1000 位濒死的病人并和他们交谈之后，写了名为《换个活法：临终前会后悔的 25 件事》的书，总结出临死之人的众多遗憾。一言以蔽之，就是——人们还有很多未完成的心愿，健康的时候没有好好活着，当生命之火即将熄灭，想做的事情再也没有时间和体力来完成。他把这种望洋兴叹无可奈何的心态，称作“临终的遗憾”。

我是当医生出身，陪同过很多病人走向天国或是地狱（依他们生前的作为选择目的地下站。对此我在病床边不做评判，只是陪伴），

也在临终关怀医院昼夜值守过。对于临终这件事，我还不算陌生，也没有特别的好奇。心平气和地将书中所列临终遗憾一条条读来，读着读着就不由自主地开始比对。琢磨着——若我明天即死，这些款中会占多少条呢?

特别佩服老祖宗的见地——人之将死，其言也善。

为什么人到临死的时候，回到善良且真诚的道儿上了呢?

这句话原载于《论语》。最早发出此感叹的人是曾子，最早听到这个话的是鲁国的孟敬子，最早记录下来这段话的是孔子。

曾子病了，卧床不起，孟敬子去探望他。病床边，曾子说："鸟快要死的时候，鸣叫的声音是悲哀的；人快要死的时候，说出来的话也是善良的。"

朱熹的理解是："鸟畏死，故鸣哀；人穷反本，故言善。"就是说，鸟因为怕死而发出凄厉悲哀的叫声，人因为到了生命的尽头，反省自己的一生，回归生命本色，所以就会说出善而真实的话来。

我相信鸟到了生命垂危的时刻，鸣叫肯定凄凉。因为生命之弦就要断裂，呼吸衰竭体力不支，音色断会喑哑劈裂。人之善言，不一定吧？大千世界，一定有人在临死的时候，依旧坚持邪恶。这些人磨灭了良知，不再知道什么是"善"。不过这种人一定极少，绝大多数人

意识到生命即将穷尽，所有的计谋、所有的追索、所有的财富和情爱，都被死神这一勺沸腾的水，浇得褪去漆彩，显出本白底色上凸起的暗纹。此岸渐虚渺，彼岸渐晰显。半路上吐出的话语，多半是可信的——他已没有气力撒谎。

我们是普通人，普通人就按照常规，想些大概率的事件。这基本符合事物发展的规则，也是对自己的仁慈。我决定照本宣科，一件件捋过来，给自己一个交代。

这过程类似于拆解一架已经运行了多年的旧钟，刹那间零件满地乱滚。

第一条，遗憾没做自己想做的事。

我仔细回忆了一番，严格审视自己的历史。得出的结论是自己想做的事，只要条件允许，都心惊胆战地尝试着做了。比如流着眼泪放下听诊器开始艰难写作。比如咬紧牙关买一张船票乘风破浪去环球旅行。比如怀揣着抗疟疾抗霍乱的药片，坐着火车纵贯非洲。比如……坐过一次过山车……我猜这刚写下的最后一条，一定让很多人笑掉大牙。会说不过是在公园里上蹿下跳地玩一把，至于吗？！

但这对于我，千真万确是个挑战。我有晕动病，坐船坐飞机坐汽车坐火车……只要不用自己的双腿，一概昏眩。晕比痛更难忍受。痛

是生理的苦难，晕是神志的颠倒乾坤。苦难可以忍受，混乱导致发疯。有一阵子我十分向往过山车的俯冲而下，能体验短暂失重的玄妙。百爪挠心，终于有一天，我背着家人，自己到公园买了一张过山车的票，气壮山河地上了车。为什么要背着人呢？因为家里人知道我有晕动病，一定阻止我。当沉重的护铁压上双肩，肚腹被护栏卡住，机器还没开动，我就几乎呕吐。关于其后的事情，恕我不再详写。坐过过山车的人太多了，我大惊小怪的描述，只会让人腻烦。我只说说下了过山车之后的事情。我蹲在地上搜肠刮肚地吐，整个世界变成了黑白色。在地上蹲了大约一小时，才让肚子里的脏腑大体归了位。头重脚轻失魂落魄地走出了公园门，认定自己刚从地狱爬出。

（我写到这里，头开始发昏，肌肉痉挛，嗓子眼不断被涌上的胃液噎满……看来我的身体不喜欢我回忆这段让它出丑的经历，好吧。就此打住。）

当然了，也有一些事，只能想想，无法去做了。比如我很想上太空看看地球，今生今世无法完成。一是身体不行，二是也没有那么多钱。做不到，也不强求。毕竟，人生不是套着纸袋毫无瑕疵的苹果，能毫无悬念地走向坠地。

第二条，遗憾没有实现梦想。

从这一条可看出临终者的思维混乱来了，连带着记录此事的医生也逻辑不清。因为它和第一条是难兄难弟。不过仔细想想，这两条看起来大同小异，细分辨还是角度不同。一个是从正面说，另一个是从反面说。若一定要找它们的差异，想做的事似比梦想要小点儿轻点儿。起码第一条还可具体操办，这第二条，就明摆着在叩打三观了。

第三条，做过对不起良心的事。

这个我可以坦然地说——真没做过。说过为数不多的谎，基本上都是出于好心，不忍撕破残酷的真相。以后也还会说的，但基本上不触及良心，都是些无伤大雅鸡零狗碎的小把戏。

第四条，被感情左右一生。

世界上有这样的人吗？一生是很长的时间，很多人都会被感情左右一时一刻，甚至多时多刻，但终其一生都湮灭在感情中不得自拔的人，是少而又少的吧？被绳子牵着鼻子走了一辈子的老牛，临死的时候神志已经七荤八素，难道还会理性地忏悔自己是情圣吗？从本质上说，生命是一种很私密的经历，像一笔定期存款，可以这样用，也可以那样用，并无一定之规。有人愿意被感情操纵，成了荷尔蒙的傀儡，那是荆棘丛生的窄径。硬要走，需要遍体血痕的移步。于是，我私下里不怀好意地设想——大津秀一先生多半是理性而沉稳的人，比较看

不起感性，就替那些沉迷感性的人，总结出了这样一条遗憾。很可能呢，那些人自己未必这样想。

光说别人了，忘了联系自己。实事求是地说，我不曾被感情左右一生。我尊重感情，哪怕曾经是忘乎所以的激情，我依然珍惜那时的青春和单纯。如果一辈子都理智得如同南极冰，也太没有温度了。

第五条，没有尽力帮助过别人。

我觉得这一条稍有点儿过分啊。什么叫尽力呢？倘若力有百分，尽到98%，算不算尽力了呢？我只能说我曾经尽可能地帮助过别人，但我不敢说尽力，及格吧。尽力与否，是一个模糊的东西。就像你去输血，按照规定，抽取你200毫升血，就可以了。但是，你也可以献出400毫升血。甚至再多一点儿，比如500毫升血，对于一个正常体重的人，应该还是在安全限度内的。不过践行“好女不过百”的姑娘们就要注意了，你不能献出那么多血。血量跟着体重走，体重轻的人血量较少，500毫升对你就显多了，会对你的身体造成损害。那么，多少算是尽力呢？我觉得200毫升就可以达标了。如果以这个标准计算，在我还未满18岁的时候，就在藏北高原伸出胳膊为战友献过热血。真的是热血啊，我和那战士并排躺在两张治疗床上，从我体内抽出的滚滚鲜血，大约一分钟后就注入了他的脉管，像流水线上衔接紧密的两

道工序。那时年轻，心智尚不周全，也许是高原缺氧，也许是心理作用，我感到喘不过气来。虚弱地看了那战士一眼，他脸上是如饥似渴的饕餮表情，并不见感激之色。后来他的病医好了，至今还活在人间吧。我决定拍马放行，让自己通了此关。

第六条，过于相信自己。

这一条，我觉得自己没问题。在我身上最常出现的事情，是不相信自己。比如我包饺子放多少盐，总是不相信自己的判断。不厌其烦地问身边的每一个人，你觉得咸淡味合适吗？家人会不耐烦地说，差不多就行了。如果觉得淡了，一会儿煮出来，多浇点儿蒜汁多放点儿酱油就都有了，不必唠唠叨叨问个没完！再比如出了门常常怀疑没锁好门，走出去很远了，颠颠儿跑回家查看的事也屡有发生。

当兵时在戈壁荒滩赶路，每日驻扎兵站。大清早就要打起背包出发，没有电，只能点燃蜡烛。蜡烛有妖怪的属性，会把人的影子放得很大，一旦有风吹来，你明明没有动，影子却在那里兀自摇摆，如恶灵指使。为了赶路，半夜爬上卡车大厢走起，若干公里后我突然对自己是否熄灭了床头蜡烛生起疑心。我是班长，理应最后一个离开兵站。我是用嘴巴吹熄了蜡烛，还是用手掌掸灭了蜡烛？如果未曾灭烛，人走后，蜡烛就会继续燃烧，燃到尽头就会烧起通铺上的柴草，熊熊大

在新疆伊宁

火会把整个营房笼罩，化为灰烬的不仅仅是房舍，还有其他房间酣睡的战友……

虽身处酷寒的卡车顶，脚趾早已冻僵，我还是惊出一身冷汗。我把疑虑说给挤坐在一处的战友，战友说，你不至于那样糊涂吧？

我说会的会的，我就是特糊涂。你说怎么办啊？

战友说，到了下一个兵站，你给上个兵站打个电话。也别上来就大惊小怪地问，随便说几句话就成。只要他们的语气里没有惊慌失措前言不搭后语的样子，就说明没火灾。

心急如焚地到了下一个兵站，我立马要去打电话。

战友拉住我说，我是胡乱支着儿，你还真去啊？你怎么那么不相信自己！你是班长，每次都是最后才上车，会再三检查班里有没有谁遗失了物品，从来没见你出过差错。太多心啦！

我说，不行，我一点儿都信不过自己。我要去打电话。

那时像兵站这样的小单位，打电话很麻烦，先接转军区然后再由军区转拨昨晚宿营的兵站。等了半天，好不容易接通了，我劈头就问：你们着火了吗？

对方没好气地说，你那儿才着火了呢！这里好着呢！

我擦擦额头的冷汗，砰地放下电话。

这边兵站的领导不高兴了，说你心急火燎地要打电话，我还以为你落下了什么重要物件了。现在可倒好，那边兵站知道是我们站要过去的电话，你也不说明自己是路过的客人，劈头就咒人家失火！你前脚走了不管了，这影响我们兄弟单位团结……

我只好给他敬了个军礼，撒腿跑回早等得不耐烦的车队。

所以这一条，我就不遗憾了。

第七条后悔事，没有妥善安置财产。

前面诸条，我还需琢磨一下才能给出答案，这一条，立马能回答。

我没有很多财产，只有一些书。自打我把家搬到图书馆附近后，自拟了“每日一扔”活动。每天往外清理一件东西。我的财产中，衣服极少，秉承够穿即可的原则，对所有的流行色奢侈品，一律心甘老土，不闻不问。朋友说你这般落伍，会惹人看不起的。我说，因为我穿了一件好衣服就看得起我，反之就鄙视我的人，我还看不起他呢。朋友见我不可救药地自甘堕落，也就不理我了。衣服是不能扔的，概因所有的衣服都用得着。电脑笔墨纸张信封信纸之类，不可须臾离开，也是扔不得的，这样，唯一可精简的就是书了。一本书，看过了，再看的可能性便很小（少数例外）。书本最好的出路，就是“扔”出去。

“扔”，并不是真的抛垃圾堆，那是对字纸的大不敬，我不敢。

每天从书架上取下一本书，放进纸箱。待到纸箱满了，就邮寄给远方的朋友。这朋友，也不是多么久远的相识，有时只是在旅途中的偶遇，知道他喜欢书，知道他不是有很充裕的钱来买日渐昂贵的书。最主要的是知道他喜欢哪一类的书。

先生要帮我将整整一箱书运送到邮局寄出，随年龄渐长，时有力不从心之感。寄费也不断高企，有时要上百块钱。先生说，你这些旧书，也许还不值邮费钱。

我说，真也许。不过这并不重要。

先生说，什么重要呢?

我说，让一个喜爱书的人，得到了他所喜爱的书。让一本书，落到一个懂它的人手里，这才重要啊。

先生便很吃力地抱着那箱书下楼了。我看了不忍，买来一个小推车，说，用它省点儿气力。

若上天假我以足够时日，到我临终，书就扔得差不多了。如果死得早，剩下一些书，送给周围的人好了。还有什么财产？对了，我有一条白金项链，是唯一的首饰，乃家人送我的寿礼，我死后，就留给我的儿媳妇吧。好，至此，我的财产就遣散得一干二净。

第八条，是遗憾没有考虑过身后之事。

这一条对我来讲，不构成困惑。早在十七八岁的时候，戍守边防，战事一紧张，就让战士们写下一旦战死留给家人的遗言。记得我在统一发下的白纸片上写下让父母不要为我战死疆场太难过的话之后，折身立马将我的日记本烧了。在西藏阿里当兵，保卫未定国界，高寒缺氧，不管是何原因，只要你是身穿军装死在了高原上，都会被追认为烈士。老兵们都对此津津乐道，觉得是了不起的待遇。

成为烈士有什么好的呢？我不解。

当然好。你们家会挂上烈属的红牌牌。老兵循循善诱。

我想了想，觉得这一条还不错，给家长脸上增光，也算尽了孝心。

每月还会给你家发钱，抚恤金。懂吗？老兵很神往地说。

我很想问问发钱的数目，但又不愿暴露自己的无知贪婪，就点点头，说，懂。

老兵想了想，说也就这么多了。他略微迟疑了一下，说还有一个待遇，就看你有没有这个福气。不像刚才说的那几点，不是人人都能摊上的。要看运气。

我不知道当烈士还有厚此薄彼的事，就刨根问底，还有什么待遇。

老兵说，把你树立典型。

这一次是真的不懂了。我问，什么典型？

老兵撇嘴鄙夷道，怎么连典型都不懂！就是雷锋王杰那样的英模。

我没心没肺地笑起来，说原来是这回事啊，吓了我一跳。这事和我们有什么关系呢？

老兵严肃起来，说，真是新兵蛋子。全军的模范，那多光荣啊！咱们这里艰苦，容易出英模。要是领导觉得你有这个基础，相中了你当典型也不是没有可能。

我真的摸不着头脑了，说，当了典型会怎么样呢？

老兵说，你的名字立刻传遍五湖四海。会把你的日记整理出摘要，你的豪言壮语会有人背诵，少先队啊共青团啊，有以你的名字命名的班级，还有……

还有什么，我没听见。吓死我了。最可怕的是要把我的日记拿出来给大家看，然后还要摘录……

顿觉天塌地陷。我的日记里有那么多无病呻吟的长吁短叹，有思念父母的泪水和悲天悯人自作多情的句子……这要是披露在光天化日之下，我做了鬼也不得安宁。

当然了，这有个前提，就是我必须身故，而且还被树立为典型。所以，日记会被示众的概率非常之低，不足千万亿分之一吧。

但这场景依然让我噤若寒蝉。高原上非常容易死人，对于这一点，

我心知肚明。昨天还好端端的士兵，很可能就在一瞬间因为敌人因为氧气因为一个急转弯或是什么也不因为，就停止了呼吸。我无权保证自己不死，就只能力争死后不出现最坏情况。

于是，我在漫天风雪中走到营房的山坡上，把日记一本本地烧掉，火光映红山峦……烧了很久，烧完之后，心情大悦。心想，无论我会死得多么惨，临死之前都了无牵挂。

有人看到我面带微笑地纵火，就问我烧的是什么。我当然不能把秘密说出来，就故弄玄虚地遮掩。于是人们传说我烧的都是男军人们写来的情书。

第十条，是没有享受过美食。

一条弹性很大的遗憾。首先关于美食的定义，在不同的人那里会有所不同。有些人说“鱼羊为鲜”，可我不吃羊肉，很难把羊肉定为天下美食。很多人喜爱吃臭豆腐，我觉得吃是可以的，但须独处，尽量不要让周围的人联想起久未打扫的公厕。以上都是我在饮食上的狭隘偏执，但由此可见美食没有统一的标准。我私下里觉得生命垂危的人，消化功能已近衰竭，无法体验到美食的神妙，只剩下遐想，于是就把这一条列为人生遗憾。我相信，这个世界上的所有人，都曾享用过自我标准里的美食。饥饿是最好的调味品。

第十一条，大部分时间都用来工作。

我当医生的时候，的确是把大部分时间都用来工作了。即使是不工作的时间，想的也是和工作有关的事情。这就让我整个生活，都被白色笼罩，被来苏水味道浸泡。那时非但不觉得这是危险，反以为这才叫充实生活。后来不做医生了，被动地脱离了这种状态，才慢慢发觉，用工作充填所有的时间，是对自我的暴政，变成了工作的奴隶。应该用一把利刀，将生活和工作切割，不要混淆成一团。

第十二条，没有去想去的地方。

问题有重复。我的回答是，我想去的地方，如果我能去，我就去了。如果我不能去，就是的确没法去，我就认命了，也不遗憾。人的双脚不是无限自由的。

第十三条，没有和想见的人见面。

哦，这一条和我不沾。我想见谁，就想方设法地见。不想见，自然就躲了。躲不过，就淡然相见。没有哪个是我想见能见而故意不见的。说这一条的人，多半是指自己初恋的情人或是恩人吧？若是仇人，或是不那么喜欢的人，估计到了弥留之际，也不会特别想看到他们的嘴脸吧。多日不见的熟人相逢，刚开始都会大呼小叫，哎呀，你怎么变老了？我嬉笑，你能好到哪里呢？感叹过后，就不再议论苍老的问题，

开始说些正常的话了。

第十四条，没有谈一场永存记忆的恋爱。

我的恋爱十分平淡，但它也是永存记忆的。记忆并不厚此薄彼只宠爱惊涛骇浪，而以平淡为耻。真正能够得以长久保存并对我们的生命如此重要和宝贵的事件，很多是平淡的。比如水的味道很平淡，如果有了特殊的味道，那就是污染。盐的味道也很平淡，只是单纯地咸，并没有杂味。空气是平淡的，面粉也是平淡的。太多的有味道的水，比如果汁，会毒害我们的味蕾。太多的加了碘的盐，会剿灭我们的甲状腺。氧气太多了，会氧中毒。所以，保持对平淡的安然，是一生幸福的重要基础。

第十五条，一辈子都没有结婚。

唔，这一条，没有。

第十六条，没有生育孩子。

唔，这一条，也没有。

第十七条，没有让孩子结婚。

我的孩子结了婚，而且还很幸福。恕我斗胆发表一点儿不同意见，虽说咱们中国人习惯上觉得“死者为大”，人死了，他说的话，就可以雪藏，不必争执不休了。但这批死人既然留了话给活人，似有讨论

之必要。孩子结不结婚，原则上不能让他的父母负责。达到了婚龄，就是成年人了，结不结婚概由个人负责。把孩子没有结婚的责任，揽到自己头上，至死不忘大包大揽，背着这个包袱为遗憾。恕我直言，代沟不清。如果要反思，不要局限在儿女结不结婚这件事，一定还有很多可懊悔的育儿经。我甚至不怀好意地认为，被有严重心理障碍的父母培教出的后代，不结婚不一定是遗憾的事情。就算勉强进了婚姻，多半也会裂城而逃。如果有了孩子，不在教育方法上吐故纳新，很可能把悲剧埋入下一代的心田。

第十八条，没有注意身体健康。

我给自己大致及格的分数。青年时代在高原，气候冰寒加之缺氧，是极不相宜健康的。为了祖国，损毁健康也在所不惜，容不得斤斤计较。到了中老年，工作辛劳家务繁重，也抽不出时间来特别维护健康。到了能顾及健康的时候，我会在意。健康这个东西，也是为一个人的价值观服务的，不应置之不理也不可喧宾夺主。从根本上说，不管你在不在意，良好的身体状况，一旦越过了时间的高点，便江河日下防不胜防地衰减。再好生维护，你不毁，时间也自会兴致勃勃地帮你毁。大趋势已定，我们能做的只是顺势而为将计就计。

第十九条，没有戒烟。

我不吸烟。

第二十条，没有表明自己的真实意愿。

我很爱好表明自己的真实心愿，自幼如此。个别情况下的隐而不言，必有深因。两害相权取其轻，不得不如此。再次选择，多半还会沉默。总的说来，年轻的时候，不敢表达自己真实想法的概率多一些，上了年纪，知道这生命原不是任何人的礼物，自己不说，别人哪里能明白。说了有风险，可能会忤逆了某些人。但不说，从根子上就忤逆了自己。有时候，你以为不说是顾全了别人顾全了大局，其实正相反，你不尊重自己的时候，对别人的裨益也无从谈起。

第二十一条，没有认清活着的意义。

一个人到垂危的时候，才思考这样哲学的问题，真是晚了。我觉得苟延残喘之时，不想也罢。就像一个口袋里只剩下一分钱的人，想那些需要 100 万才能做成的事，实属不识时务且力不从心。我的心理学导师说过，临死才意识到自己稀里糊涂地过了一辈子的人，挺多的。说到底，一言以蔽之，他们从未真正生活过。

我说，老师您这话说得多好啊，人生一世，草木一秋，总要有意义。老师说，这话不是我发明的，是马斯洛说的。

拜谢西藏的高天大河冰峰雪岭，强迫我在年少时，就探索过活着

的意义。确立下来之后，它如此坚稳地占据我心扉，直到我的老年仍不曾有丝毫改变。故此不为遗憾。

第二十二条，没有留下自己生活过的证据。

生命不需要证据，因为不是一场犯罪。兴致勃勃地活过了，已成就一切。到临终之际，还琢磨着证据这事，概因对自己是否真正活过的不确定。听一个孝女讲处理母亲身后之事，思考了十年，无法收拾母亲的遗物。我本以为是无尽的哀伤所致，她说是因为母亲留下了自费印制的 499 本诗集难以安置。正确地说，是 500 本，因为有一本母亲送给了女儿。都是些打油诗，谈不到艺术价值。不要说售卖，就是送也找不到人。诗是母亲的挚爱，生前常说人总要给这个世界留下点儿什么，算是走过一趟的留念。女儿想了很久，终于在一个夜晚，将所有的诗集都销毁了。望着熊熊的火焰，她在想，这就是证据了。

不必留下证据，只要安然走过问心无愧就是了。

第二十三条，没有看透生死。

有多少人真正看透生死了？别对自己要求那么高，求全责备。生死这件事，是值得想一想的。想通了，就放下，老在那里想，倒是想不通的意思。不要害怕，人人都要经历的正常过程，害怕只能添乱。我力求从容地活着，做事情有始有终。用完每一本簿子的所有纸张，

看到好书的最后一页。从塑料管里，用力挤出每一滴牙膏。看夕阳西下不再伤感而是心平气和地欣赏，秋雨中看黄叶坠地不是寂寥悲凉而是明白明年绿荫盈盈我们再相见……这些都是生死轮替的小型预演，倘能渐渐温和接纳，痛楚稀释欢颜渐起，也就算是和死亡不时地小小碰撞，握手言和了。

第二十四条，没有信仰。

人们常常以为信仰必是一定时间的磕头或是礼拜，遵守某种戒律与特定的神祇对话等，如果这样狭隘地看待信仰，我是没有的。但我从来不觉得我没有信仰，我觉得信仰是一个更宽泛和辽阔神圣的概念。它不是面庞或圆融或瘦削的异邦人创建的，而是一种伟大的心灵力量。我明白，生命短暂脆弱，有一种无比强韧而壮丽的覆盖，凌驾在微不足道的我一己存在之上。

第二十五条，没有对深爱的人说谢谢。

我说过了。对我的父亲母亲，对我的丈夫和孩子，对我的老师和同学，对我的责任编辑和读者，对我生命中我所喜欢的人，我都曾由衷地说过谢谢。所以，我不遗憾。趁着现在我还没有到不能自由表达意志的时刻，我要向山川河流大地太阳草木动物海洋长风，向所有善良的人，向古今中外的智者和书籍，说一声谢谢！

好了，大体回答完了。不知你注意到没有，我遗漏了第九条。不是回避，实在是为难。现在来说说那个让我念念不忘的第九条——没有回过故乡。

我不知道我的故乡在哪里。

我出生在新疆伊宁，源自我父亲跟随第一野战军第六军进军新疆。但我真是一个伊宁人吗？

我从半岁起就一直生活在北京，可是我对北京的胡同啊小吃啊满族的习俗啊，一点儿不懂，也无什么感情。我也不会那种充满了儿化音的京腔京韵。看充满老北京气味的话剧，我会困倦无聊地睡着。我从来没有从心底认可过自己的故乡是北京。

现在只剩下我父母的祖籍——山东省威海市文登市了。

它是不是我的故乡呢？

我不知道。因为在我 60 多年的生命历程中，在文登度过的所有时光加在一起，迄今为止，也只有一个月。

如果把故乡的含义扩大一些，除了肉身的出发地之外，每个人都有自己精神的故乡。我们在那里脱离了混沌蒙昧，真正意识到了自我的存在，让生命从此有了意义和价值……从这个层面说，我的精神故乡是西藏阿里。

到底在哪里呢？新疆？北京？西藏？山东？还是……为了保险起见，我和母亲重新返回新疆，找到了我出生的那座俄式老木屋，它再有一个星期就要被拆除了。我去了幼时读书的小学中学，问候当年的老师。我在祖籍买了一座房子，为的是可以呼吸父辈幼年时的空气。我和阿里的历届政府和司令员保持着密切联系，2013 年的夏天，把我写阿里的书集结成一本，送到边防线每一个战士手中。

我愚蠢地用“宁可错杀一千不可漏过一个”的方法，维系和家乡的联系。既然不能确定哪一处为家乡，我就认所有走过之地为家乡吧。

临终前会后悔的 25 件事，我虽不敢说样样都避免了，大致就取及格。私下将大津秀一的标准打个折，松松垮垮衡量，似未曾留有明显的遗憾。

仰天长叹，感恩不绝。我可以无憾而终啦。

全文完

图书在版编目 (CIP) 数据

藏在这世界的优美 / 毕淑敏著 . -- 长沙 : 湖南文艺出版社 , 2014.11
ISBN 978-7-5404-6918-4

Ⅰ . ①藏… Ⅱ . ①毕… Ⅲ . ①随笔 – 作品集 – 中国 – 当代 Ⅳ . ① I267.1

中国版本图书馆 CIP 数据核字 (2014) 第 230591 号

上架建议：散文

藏在这世界的优美

作　　者 : 毕 淑 敏
出 版 人 : 刘 清 华
责任编辑 : 薛　健　刘 诗 哲
监　　制 : 蔡 明 菲　潘　良
策划编辑 : 邹 和 杰
特约编辑 : 尹　晶
营销编辑 : 杜　莎
整体装帧 : 金牘設計室 DO-DESIGN STUDIO · 车球
出版发行 : 湖南文艺出版社
（长沙市雨花区东二环一段 508 号 邮编 :410014）
网　　址 : www.hnwy.net
印　　刷 : 北京市雅迪彩色印刷有限公司
经　　销 : 新华书店
开　　本 : 880mm × 1230mm　1/32
字　　数 : 210 千字
印　　张 : 10.5
版　　次 : 2014 年 11 月第 1 版
印　　次 : 2015 年 7 月第 2 次印刷
书　　号 : ISBN 978-7-5404-6918-4
定　　价 : 39.80 元
质量监督电话: 010-59096394
团购电话: 010-59320018